しあわせのつくり方

引田かおり
引田ターセン

二人をつくる
好きなもの

コーヒーより紅茶派

安眠にかける情熱

冷え取り靴下もおしゃれに

カーリン

私の「KAMISAMA」

エナメル好き

こまめに手紙

お取り寄せマニア

かごに目がない

引田かおり

1958年東京・目黒区生まれ。戌年、B型。専業主婦、絵本屋のアルバイトを経て、2003年東京・吉祥寺に夫・ターセンとともにパン屋「ダンディゾン」、ギャラリー「フェブ」をオープンする。

趣味は温泉めぐり

男でも冷え取り

仏像ラブ

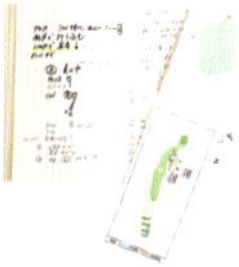

ゴルフノートで傾向と対策

洗濯と食器洗い担当

ターセン

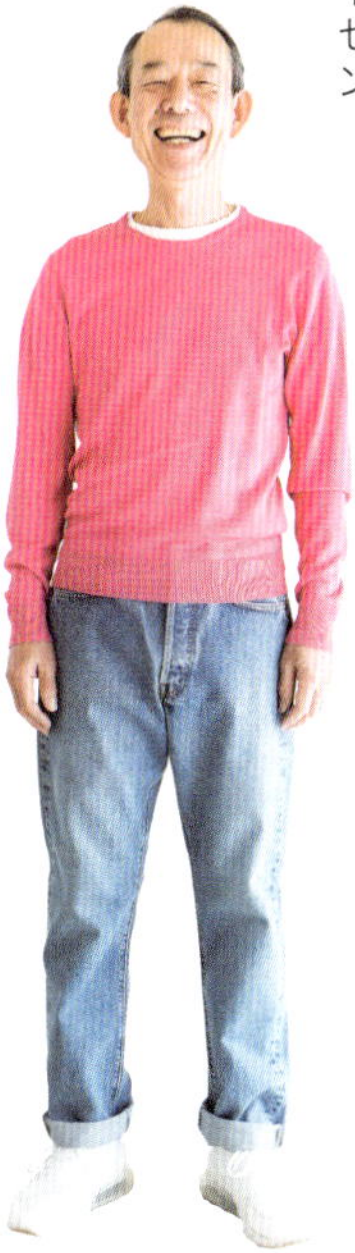

派手色どんと来い

晩酌は日本酒派

トト

椅子をこよなく愛する

引田 保

1947年東京・目黒区生まれ。亥年、B型。仕事命なモーレツビジネスマン時代を経て、52歳で早期リタイア。妻のカーリンとともにパン屋とギャラリーを営みつつ、暮らしの大切さに開眼。

感情をしっかり味わう

（Ｋ）

「いいなあ、ターセンみたいな人いないかなあ。いたら私だって、すぐ結婚するのにな」。そんなことをよく言われます。趣味や価値観が違う男性に、なかなか手厳しいまわりの女性たち。ご自分の父親や夫とくらべて、うらやましいと思っていただくのは大変ありがたいことですが、そう言われるたびに、「私たちにも、いろんな二人の時代があったんですよ」と、心の中でそっとつぶやいておりました。最初から、今のターセンだったわけではありません。

会社を辞めたあとに、「パン屋をやりたい」という無謀な私を面白がりながらバックアップしてくれた、ここ15年は確かに、みなさんがうらやましいと思う夫ですね。そのことを中心に書いた本、最初の本のタイトルが『しあわせな二人』。

「いいじゃない！　よしこれで行こう」と喜ぶ夫に、「何だか相変わらず簡単な人で、うらやましいな」と思ってしまいました。「私たち、本当にそんな風にきっぱり言い切れるんだろうか？」「しあわせなんてタイトルつけちゃったら、私はこれからかなりプレッシャーだなあ」って……。

どんなにしあわせそうでも、本当のところは本人にしか分かりません。誰がどう思おうと、本人がしあわせならそれでいいことだとは、重々承知。でも最初からそうではなかったし、私たちにも険しい道も深い谷間の時代もあったんです。何だか人生の前半がバッサリ切り落とされている、そんな気持ちでした。いやいや、今はしあわせですよ、本当に（笑）。

でもいつか機会をいただけたら、やっぱりそんなに簡単で単純なことではなかった二人の道のりのことも、お話ししたいと思っていました。

身体や心の不調を改善したいと、いろいろ勉強していくうちに、驚いたり怖かったり、「大丈夫、大丈夫」とやり過ごしたことでも、身体はしっかり記憶を刻んでいるということを知り、びっくりしました。「このくらいのこと何でもない」「ちゃんとしなくちゃ」と頭で考えて平気なふりをしても、決してなかったことにはならないんですね。「ああ嫌だった」「辛《つら》かった」「本当に痛かった」と、湧き起こる感情をしっかり出して味わってこそ、時間とともに消えていくものなんだそうです。喜怒哀楽を出すのだって、平常心を装いがちな私には練習が必要だったのです。

この本を作るために昔のことを思い出しながら、何だかまた悲しくなったり、腹が立ったり、いろいろ大変だったけど、二人の共同作業で過去を振り返ることができたことは、本当に貴重な時間でした。「もう忘れてくれよ」と、ターセンも悲痛な叫び。

きっと今この瞬間にも、暗いトンネルの中にいる人たちがいると思います。どうぞ怖がらずに、しっかり今の感情を味わってください。そして自分をしあわせにする方法を、できることからひとつずつ実行してみてくださいね。きっといつか笑って思い出せる過去になると、信じてください。

努力を重ねた40年（T）

「本を作りませんか？」と言っていただいて、『しあわせな二人』『二人のおうち』という2冊の本を、かたちにすることができました。「さすがにもうこれ以上書くことないよな」と思っていたら、3冊目という申し出に、「では『暗黒時代』のことを書きましょう」ってカーリン。

「えっ？　いくらなんでも、暗黒時代は言いすぎじゃないの……」「そんな時代、あったっけ？」と、嫌〜な汗。僕なんか、「結婚してからず〜っと、二人はしあわせだった」という記憶しかないもんね。どんなことがあっても、「良かったね、めでたし、めでたし」と締めくくるのが、どうも僕の特技らしいです。けれど女性は、本当に忘れてくれないんだね。原稿を書き進めながら、「あんなこと、こんなことあったよね」と、記憶を掘り起こされる辛い作業でした。カーリンは当時のことを思い出して、また怒ってるし。でも夫婦のそんなこんなが、「いろんな方の励みになるかもしれない」と言われながら、作業を続けました。

何しろ孫ができてから、息子や娘婿の育児や家事に関わる姿勢には、本当に驚かされています。最初はね、「男だろう、30代40代はもっと働けよ」「仕事にのめり込むときだろう」と正直思っておりました。「車はいらない、海外も行かない、貯金します」なんて草食系男子の記事を目にするたびに、「日本の未来はどうなっちゃうんだろう」ってね。

ところがあるとき、友人の結婚式に出席するためにメルボルンへ行く予定だった娘一家が、体調を崩した娘は出発を遅らせ、婿が1歳半の孫を連れて、予定通り旅立った姿を見て、本当に驚いた。とうてい子育て当時の僕にはできなかったことだし、そんな発想は1ミリも浮かばなかっただろう。彼らは夫婦二人で仕事をしているという状況もあるんだけど、「男だから」「女だから」という垣根や線引きがほとんどなくて、お互いできることを相談しながらやるんだね。それだから、母親になった娘も息子の嫁も、何の不安も準備もなく、子どもを夫に託して一人飲み会へ出かけたりできる。

僕たちの時代は「夫」や「妻」という「役割」を意識して、何とそのことに縛られていたんだろうと、改めて考えさせられた。嫌だけど、みんなもやっていることだから、不満や不安を抑えて暮らすことが、当然の時代だったんだなと思いました。

そういう息子夫婦や娘夫婦も、けんかしたり、すれ違ったり、はたから見ると仕事に暮らしにいっぱいいっぱいで、よくヒヤヒヤさせられる。口を出したくなるけれど、こうしてわが身を振り返った僕としては、そのときそのとき、お互いのありのままを出し合うのが夫婦になるってことだと思い、温かく見守っています。時間はかかったけどカーリンも僕も歩み寄りながら、努力を重ねた40年。

夫婦や家族は当たり前にあるものではありません。大切につくり上げるものです。自分も成長するように、夫婦も家族も成長します。どうぞ大事なものを失わないように、大切にする気持ちだけは忘れないでいてください。

もくじ

1 夫婦・家族

2 仕事

3 暮らし

4 健康

CHAPTER

1 夫婦・家族

時間を重ねるうちに
ゆっくりと変化していく
夫婦や家族の関係。
人生は大きな修行の場です。

未来は過去を変えられる

（K）

ギャラリーとパン屋の仕事を続けてきたおかげで、本当にいろんな方から「ターセンさん！」「カーリンさん！」とお声をかけていただくことが増えました。

同年代の方たちは元気いっぱいで、「お二人のように家を片付けることはなかなかできませんが、楽しいことや美味しいことを、これからもいっぱい発信してください」と、明るく盛り上がります。これに対して若い方たちは、「今の自分やこれからの自分が一体どうなるんだろうか」と、心配に押しつぶされそうな、不安な目をして語りかけてくるのです。そこには遠い昔の自分がいるようで、思わず抱きしめたくなってしまいます。

「大丈夫、私たちにもいろんな時代があって、何とか乗り越えて、ここにいるのよ」とお話しすると、「え〜っ、そんな時代があったんですか!?」と、一様に驚かれてしまいます。

これまで『しあわせな二人』『二人のおうち』と、夫婦の暮らしについて2冊の本を書かせていただきましたが、それはギャラリーとパン屋を始めてからあとの15年間のことが中心で、若かった頃のことはさらりと触れただけでした。

未来は過去を変えられる

過去の事実は変わりませんが、意識が変われば、受け取り方が変わります。

子どもたちが結婚したり、孫が生まれたりしたことで、改めてよみがえる新婚時代のこと。子育てに悩み、自分の人生や夫との関係、人とくらべたら「大した苦労ではない」と笑われるかもしれないけど、暗くて先が見えないトンネルの中にいるようなあの頃のことを、もう一度なぞってみようかなと思いました。

そういう時間があったからこそ、今の考え方や暮らし方、人や家族との距離感、仕事と家庭のバランスを、よくよく夫婦として練り上げてこられたんだと思います。特に私は不安定な家庭で育ち、「自分の家庭は、しっかりしあわせなものにしたい」という強い思いがあったから、簡単にあきらめなかったことと、放り出してやさぐれたり、他の何かで埋めようとしなかったことも良かったのかな。

理論物理学者・佐治晴夫さんの「未来は過去を変えられる」という言葉が示すように、辛くても悲しくても絶望しても、いつか振り返ったときに笑って話せる自分になっていれば、それは大切なかけがえのない時間だったことになるんです。

心配性で小心者、緊張するだけでお腹が痛くなる情けない私。そんな私たちの結婚してからの前半25年の話で、若い方たちを少しでも勇気づけられたらいいなと思いました。

佐治晴夫さん

佐治さんを知ったのは『暮らしのおへそ Vol.23』（主婦と生活社）の記事にて。

ターセンとカーリンの結婚

（Ｋ）

１９７９年に結婚してから、約40年の月日が経ちました。よく言われるように、やはりお互いに感謝状を交換したくなります。

出会った当時、私は福岡に住む高校生で、転勤で東京からやってきたターセンは11歳年上、恋愛対象にはほど遠い存在でした。進学や就職のいろんな悩みを相談しては、なるほどと的確なアドバイスに尊敬しきり。何だかよく分からないアルファベット３文字（ＩＢＭ）の会社員が、付かず離れず存在しておりました。ところが20歳をお祝いしてくれる食事のあと、唐突に「結婚しよう、僕と結婚すれば必ずしあわせになれるから」って!?　彼の本職はとにかく契約を取りにいく営業、それからはきびきびと住まいを購入し、結婚式場を予約するスピードに圧倒されつつも、付いていけばしあわせになれそうな期待と予感でいっぱいだったのを覚えています。

それに繁盛していた実家の商売、ビリヤード場の経営が傾き始め、社会人になって成人したとたんに連帯保証人にされたときは、「沈みゆく泥の船から、何とか脱出せねば」

と、ぼんやり考えていたことを覚えています。そんなとき白馬に乗った王子さまのごとく、ターセンが現れたわけです。

彼は亥年《いのしし》ですから、まさに猪突猛進。「君は東京の人だし会社も東京、いつかは東京に帰るんだよね？」と両親に尋ねられると「いいえ、ずっと福岡にいます！」なんて調子のいいことを言っていましたが、実際に福岡で暮らしたのは2年ほど。福岡からサンフランシスコ、そして東京へと、二度と福岡に帰ることはありませんでした。

ターセンはそのときそのときが全力投球で、真っ正直な人。前後のつじつまなんて関係ありません。私は大人に囲まれて育ったこともあり、「自分がどうしたいか」よりも、「まわりの人がどうして欲しいと思っているか」を優先させてしまう用心深い人間で、今みたいに思ったことをポンと口に出せるタイプではありませんでした。

20代の11歳差と50代になってからの11歳差では、力関係がかなり違うものです。結婚式も新婚旅行も、「こうしたよ」「これでいいよね」というターセンにうなずくしかありません。今こうしてはっきりと意見を持って自分に向かってくる妻の姿は、彼にとってはかなり想定外なのでは……と思います。

11歳差

夫婦の年の差は逆転することはありませんが、年を重ねるごとに縮まります。

何とか始まった結婚生活、ターセンはどんどんどんどん仕事が忙しくなって、「気が付いたら出勤している」「次に気付いたら、横で寝ている」という、まさにすれ違いの生活。「結婚生活って、一体何？」という日常がひたすら続いて、暗くて長〜いトンネルに突入していくのでした。

ペアのものはあまり持たない二人ですが、唯一のお揃いは、結婚20周年に買った「カルティエ」の時計。

若いみそらで

（K）

毎日残業や接待続き、午前3時頃に帰宅して、7時過ぎには出勤する夫。彼も若かったとはいえ、よく身体が続いたものです。年の離れた姉たちに「本当に仕事なの？」と意地悪を言われながらも、「結婚ってなかなか大変だぞ」「でもその大変さこそが、自分が乗り越えるべき課題なのだ」「自分で選んだ道、頑張るしかないんだ」と気負っておりました。

あわただしく妊娠出産を経て、実家での休養も終わり、自宅に戻ってからが結構大変でした。当時の私は21歳、子どもが子どもを育てているようなものですから。

友人たちは独身を謳歌する大学生、誰とも悩みは共有できず、夜泣きする息子を抱っこしてベランダに出るも、夫は帰らず、孤独感ばかりが募ります。一人だったら友人に長電話したり、ふらりと映画を観に行ったりできるのに、自由行動がままならないこの状況が本当に本当に、辛かった。

「ああ、このまま二人でベランダから飛び降りたら、夫は『忙しすぎた、すまなかった』

って後悔してくれるんだろうなあ」「あとから『そんなに辛かったんだ』と、びっくりするんだろうなあ」と、考えていたことを思い出します。そういう時間があったから、孤独感や育児のストレスから、事件や犯罪を起こしてしまう人のことが、決して他人ごととは思えません。

私だって「行ってきます」と玄関を颯爽《さっそう》と出て、一日忙しく働きたい。「今日はごはんいらないから」と連絡してみたい。とにかく大人と話したくて、話したくて、「自分には母性なんてかけらもない、ダメ人間だ」と心底落ち込む毎日でした。

息子が5か月でかかったおたふく風邪に私も感染、合併症で1か月の入院。母親失格、もともとなかった自信が徹底的に粉砕、泣いてばかりの入院生活でした。実家の母が長男を預かってくれたのですが、先日娘夫婦が3週間のヨーロッパ子連れ旅行に出かける様子を見ていて、「いやいや、自分はとてもそんなに長くは預かれないな」と、改めて当時の母に、感謝しました。

2年後に娘が誕生すると同時に、ターセンのサンフランシスコ勤務が決まります。「ずっと福岡にいます」と宣言したターセンは、「そんなこと言いましたっけ？」とばかりに、

育児のストレス
何もかも一人で抱え込まず、早めに出そうSOS。早いほうが立ち直りも早いです。

海外勤務に向けてもろもろ引き継ぐべく、ひと足先に渡米するのでした。

当時を振り返ると、何であんなに自分を追い込んでしまっていたのか不思議です。産後のホルモンバランスの乱れなど、医学的なことが解明された今日から考えると、もしかして「産後鬱《うつ》」だったのかもしれませんね。

私の母は、戦争をくぐり抜けたとたん、幼い娘三人を抱えて、前夫に先立たれてしまいます。自分ではどうしようもない現実に翻弄された人だったので、昔の良かったことをくり返しなぞりながら、現状の不満を改善するでもなく、ため息の多い人でした。そんなこともあり、当時の私にとってはできれば頼りたくない存在で、弱音を聞かされて育ってうんざりしていた自分が、母に弱音を吐くなんて考えられないことだったのです。

でもそこで溜め込んだ感情が身体を冷やし、具合の悪さにつながっていたんだな……と、今なら分かります。ですから、もし同じような境遇にいる誰かにアドバイスするとしたら、「人に頼ろう」「甘えよう」「何かあっても『ま、いいか』と、いい加減になろう！」ということです。一人で全部やろうと思わず、お願いしたりお願いされたりをしてみませんか。

いい加減になる

とにかく「自分へのダメ出し」をまず、ストップしましょう。

悩みが多い人は、真面目なんだと思います。でも、少しくらい「いい加減」になっても大丈夫。そうしたからって、鼻つまみ者になって、村八分なんてことはありません。特にいろんなことがままならない子育て中は、「人からどう思われてもいいや」と思えるくらいで、生きることをおすすめします。これもまた、真面目人間には、練習が必要なんですけどね（笑）。

昭和な男の働き方

（T）

ここで少し、会社人間だったターセンのことを記そうと思う。僕のおじいさんは職人を何十人も抱える植木屋の親方で、近所で火事があると、井戸水をザバーッと身体にかけて、鳶口《とびぐち》という棒を抱えてすっ飛んでいくような男だった。格好良かったなあ。

東京生まれ、一人っ子の母さんは、小笠原出身のテーラーだった父さんを婿養子に迎えた。なぜ植木屋を継がなかったんだろう……今となっては、聞く人もいない。人に囲まれてにぎやかな大所帯で育ったところは、カーリンと似ているね。

テーラーから一念発起、電気の勉強をして電気工事の会社に入った父さんは、努力の人で、死ぬまで会社の役員だった仕事人。多くを語ることはなかったけど、頭のいい兄さんが「東大を受験しない」と言ったときは、本当に残念そうだった。

祖父といい、父といい、昔の男たちは「黙して語らず」みたいな美学を持っていた。家族でテーブルを囲み、わいわい夕飯なんていうのも、実は最近のことなんだよ。父さんだけは別の献立で特別扱い、食事中、話はしないものだった。父さんに言いたいことがあるときは、母さん経由。父さん自身がそれを望んでいたのかどうかは分からないけれど、とにかくそういう時代だった。

僕は大学を卒業して会社員になり、実家から独立。前途洋々、恐いものなんて何もなくて、よく学び、よく働いた。弱きを助け、強い者に立ち向かう気質だったものだから、会社の上司と大げんか。仕事が実らない2年間を過ごし、転勤願いを出して、初めての東京以外での生活……ということで、福岡へ。

ひょんなことで出会ったカーリンと結婚。ここから自分のスイッチも切り替わり、仕事もどんどん上手くいくようになります。「妻は幸運の女神かもしれない！」「よーし、一生懸命働いて、豊かになるぞ」という単純な方程式。そうなると仕事が楽しくて楽しくて、寝る間も惜しい。朝出かけて深夜に帰宅、仕事に接待に、全力投球だったね。

結婚とか、家族とか、暮らしとか、「本当の豊かさとは？」とか、当時の自分に、そういう思考回路は皆無だった。自分がやるべきことをやる、ただそれだけ。携帯電話もメールもない時代、みんなそうだから……いや、まわりは多分もっとひどかったから。そこに不安や疑問は、まったくなかったなあ。

仕事が楽しくて寝る間も惜しい

一度きりの人生。一回くらいモーレツに働くと、自分の限界と欲望が見えてくる。

当時若かったカーリンも、何も言わなかったしね。ときどき夫婦で大げんかになったとしても、実社会で成果をあげている僕に、理想肌のカーリンの炎がじゅっとかき消されるというパターン。「あのときはたくさん悔しい思いをさせたんだなあ」と、今にして心から反省しております。

サンフランシスコの暮らし

（K）

新婚旅行先にサンフランシスコを選んだら、そのあとこの街への転勤が決まりました。ターセンの転職後の本社もシスコで、息子も後に留学。ギャラリーの元スタッフまでもが結婚して移住することになったりと、何だか縁のある街でした。

生まれて半年の娘と2歳半の長男を抱え、身動きがとれないことは予想のつくことだったので、福岡の姉に無理を言って3か月滞在してもらい、引っ越しや運転免許の取得をすませ、近隣にも少しずつ馴染むことができました。

カーナビなどない時代でしたが、若い頃は怖いもの知らず、果敢に車でフリーウェイをどんどんドライブ。とにかくレディ・ファースト、家族優先な国の洗礼を受けたターセンは、毎日夕方4時半には帰宅するようになりました。招くのも招かれるのも、家族や夫婦単位が基本ですから、結婚して3年目、ようやくここで家族らしい日常を送ることができるようになります。バークレーやヨセミテ、カーメル、ロサンジェルスやグランドキャニオン、友人になった家族たちとの旅行も、楽しい思い出です。

とはいえ、言えばやってくれるけど、自分から率先して家事や育児に参加する気配はまったくありません。友人夫婦が遊びに来て、お酒も入って夕飯のあとも大盛り上がり。私が一人で幼い子ども二人をお風呂に入れて、裸でわさわさ身体を拭きながら、溜まった怒りが爆発したこともありました。ターセンにしてみたら「言ってくれれば手伝うのに……」ということです。「でも見ていたら、分かるじゃん！」。いちいち言うのが本当に嫌で、「もしかして意地悪をされているのかしら？」なんて、うじうじしていた自分が今となっては本当におかしいです。悪気はまったくない、気が付かないのは、意地悪じゃなくて本当に気が付かない、当時はこの男女の認識の違いを、私がまったく理解していなかったのです。

子どもたちをあえて日本人がいない幼稚園に入れたのは、せっかくの機会、文化や習慣の違いを楽しもうと思ったから。言葉を覚える時期の息子は、私の片言英語を追い越して、素晴らしい発音で先生や友だちとおしゃべりしていましたっけ。こうなると親は欲が出てくるんですね。2年の任期が終わり、帰国の辞令がおりますが、「息子をインターナショナルスクールに入学させるのはどうだろう」と夫婦で話し合います。ならば入

言ってくれれば手伝う

面倒でも、口に出して言いましょう。察してほしい、は無理みたいです。

サンフランシスコ時代。ターセンも夕方４時半には仕事から帰宅、みんなで食事。家族らしい日々を過ごしました。

学時期を調整するためにも、「私が半年ここに残ります！」って。

結婚が早かったので一人暮らしの経験もなく、自分の力で頑張ってみたいという気持ちもありました。結局ターセンは一人で帰国、義母には呆れられたと思います。思い付いたことを実行せねば気がすまない性格は、きっと今も変わっていませんね。「そう思うんだったらやってみればいい」と、夫やまわりの寛大さがあってこそ、思い返すと感謝の気持ちでいっぱいです。

さて半年が過ぎて東京へ帰国。意気揚々とインターナショナルスクールの試験に臨みますが、息子は「英語の人は嫌い」と、そこから英語を話すことはまったくありませんでした。さて困った。幼稚園どうしよう。

そんなとき、サンフランシスコで友人から聞いた、「健常児と自閉症の子どもたちが分け隔てなく一緒に学ぶことができる、素晴らしい学校が武蔵野市にある」という話を思い出し、早速見学。幼稚園を決めて、ここから私たちの武蔵野市での暮らしが始まりました。

夫やまわりの寛大さ

自分が頑張れるのは、まわりが許してくれるからこそ。受け入れてくれることに感謝を。

帰国から、長くて暗いトンネルに

（K）

帰国したとたん、ターセンは形状記憶のYシャツみたいに、モーレツサラリーマンに戻ってしまいました。私も生まれは目黒区でしたが、2歳で博多に引っ越したので、ほとんど初めてに近い東京生活。改札にいる駅員さんやバスの運転手さんに挨拶しても、スーッと無視されることにカルチャーショック。私が育った街では、挨拶が当たり前のことだったのに。熱心に幼稚園を見学したこともあって、入園したらすぐ後援会の重責を仰せつかり、暮らしはあわただしい東京時間に。携帯電話もない時代、「今日は夕食はいらないよ」の連絡もないから、炊いたごはんがどんどんたまっていく毎日です。

この頃から、何とも言えない不調におそわれます。子どもがもらってくる病気は必ずうつるし、乗りもの酔いもひどくなって、いつもびくびく怯えている小動物みたいでした。「気力が足りない、根性だ」という世代のターセンにはまったく理解できないらしく、何を言っても「大丈夫だよ」「大丈夫」の返事しか返ってきません。辛い思いを分かってもらえない。「私がどうなれば、大丈夫じゃなくなるんだろう」と、暗くて深い穴に落ちていくような毎日でした。病院で検査しても、どこも悪くないとのこと。今の時代なら簡単に「鬱ですね」と診断されて、たくさんの薬を処方されていたかもしれません。でも思い返せば、ターセンも帰国後ぎっくり腰をくり返し、人前に立つと口の中に唾液が溢れてくる症状におそわれていて、自律神経が失調気味だったのでしょう、あの頃は本当に、「お互い、いっぱいいっぱいだったんだなあ」と、しみじみしてしまいます。

一体どうやって、数年続いた長くて暗いトンネルを抜け出すことができたのでしょう。これといった秘策や秘薬があるわけではなく、何とか毎日の暮らし、親子でごはんを食べるとか、子どものおもちゃを片付けるとか、水まわりの掃除とか、とにかく目の前にある「やらなければいけないこと」をこなしながら、家族と一緒に笑ったり怒ったり、泣いたりして、自分を立て直していったのではないかと思っています。

そして自分が自分でなくなるような、「気力が出ない」とか「やる気が起きない」という状態にずぶずぶと沈んでしまわないように、ときどき「引田かおりって、こういう人間なのよね」と、自分を他人ごとのように観察したり、「あ、また落ち込んできたぞ〜」などと自分を実況中継したりしながら、「今日も一日、何とか無事に過ごせますように」

やることをやる

ごはんの仕度をしたり、掃除したり、日々のくり返しが人生を支えているのです。

と毎朝何かに祈っていました。

子どもたちの存在には、ずいぶん救われました。少々頼りない母親でも、丸ごと信頼してくれているのが伝わってきます。学校にランドセルごと忘れてきたり、「宿題ができてない」と朝に突然泣き出したり、友だちと別れたあと、自転車で家とは逆の方向にどんどん走って、遠くの交番から呼び出されたり。目の前にいる小さな人たちは、確実に「私」を必要としてくれていました。

誰よりも私のことを許してくれる存在に、いつもいつも謝っている母親でした。帰省した福岡でも、私がダウンしてしまい、帰京が新学期に間に合いません……「ごめんね」。もっと元気で社交的な人が奥さんだったら、社長になれたかもしれないターセン……「ごめんなさい」。とにもかくにも、自分に対してダメ出しばかりな日々でしたね。

そんなトンネルのような日々の中、ふと「このままでは嫌だ」という強い気持ちが湧いてきました。「私」を取り戻したい、幼稚園の後援会の仕事を辞退して働こう、何かまったく違う世界とつながりたい。「何ができるか分からないけど、とにかくやってみよう」と、一歩踏み出したのが、30歳のときでした。

自分にダメ出し

ダメ出しって、実は何の解決にもなっていません。

子育てが親を育てる

（T）

どうも僕には、何ごとも「めでたし、めでたし」と記憶を塗り替える特技があるみたいで、カーリンから「あの頃は本当に暗黒だった」と言われても、ピンと来ないというのが正直なところです。

課長から部長になって、売り上げが１００倍、部下が１００人に。仕事が楽しくて楽しくて、「早く会社へ行って、仕事をしたい」という時代。そう言われれば、「ただいま」と家に帰っても、どよ〜んと暗いカーリンがいたような気もするけれど……。何しろ当時は自分の気持ちや意見を何も言ってくれなかったから、さっぱり分からなかった。ときどき溜まったマグマが噴火すると、「あのときもそう、あのときだって」と過去のいろいろを引っ張り出されて感情的に責められ、ほとほと参りました。やっぱり言いたいことは時間をおかずに、そのときそのときに言ったほうがいいと思う。

少し良かったのは、長男がいたこと。気が付かない、気を配れない、つじつまが合わない、無駄な動きが多い……男の単純さ、かわいらしさ（!?）に直面して、びっくり仰天。「なあんだ本当に、男の行動に悪気はないんだ」と、カーリンにもようやく分かってもらえたみたいです。

おとなしかったカーリンが「それは絶対違う」と僕に反論しだしたのは、間違いなく子育て、学校教育のタイミング。「学校へは行くもの」「勉強はするもの」と、何の迷いもない僕にとって、言うことを聞かないやんちゃな子どもたち、勉強よりは体育や図工が大好きで、いい成績を取ろうとしないことが理解不能。「親の期待に応える」とか、そういうことじゃなくて、自分自身に対して。やるならとことんベストを尽くして、一番を目指してきた僕の人生に自信もあったしね。

でもカーリンはくり返し、「子どもは親の所有物ではない」「別個の人格、別個の人生なのだ」「自分と同じように思ってはいけない」と僕を諭してくれました。「押し付けられてやることは嫌なので、結果的に身に付かないんじゃないか」とか、「いつかきっと自分がやりたいことのためなら、力を出せるんじゃないか」とか、一緒に悩んで考えて、納得するまで話し合った。この経験が、僕たち家族の土台をつくっているのは間違いありません。

別個の人生、別個の人格

子育てこそ、世間の「常識」や「当たり前」を疑おう。

「待つこと」は本当に大変。経験者として、どうしても言いたいことはたくさんある。でもここはぐっと飲み込んで。頭ごなしに否定せず、明らかに間違っていても、「そうしたいのなら、やってみてごらん」とただ見守る。金髪の息子、遅刻２００回の娘、思春期の荒れていた時代、どんなときも、今度は逆にカーリンが「大丈夫」と言うから、「本当に大丈夫なのかなあ」と耐えたことがなつかしい。

きっと彼女は、自分が「こうして欲しかった」と思い描く親を目指したんだと思う。世間体とか見栄とかじゃなく、「私」を見てくれる親になろうとしたんじゃないかな。子育てを通して、僕たちは夫婦として家族として、ずいぶん成長した。子どものことと言いながら、カーリンはきっと、「自分はこうしたい」「こうして欲しい」ということを言っていたのかもしれないな……ということに、今頃になってようやく気が付いたんです。

子育てで成長

親になる努力、家庭を持つ覚悟。そういうことで親として育っていく。

「孫ってかわいいわよ」と言われても疑っていましたが、本当にかわいいものでした（笑）。孫を見ていると、自分たちの子育て時代がよみがえります。

トンネルから抜け出る

（K）

31歳になったとき、勇気を出して、10時から15時のアルバイトを始めました。7000冊もの絵本と、国内外のおもちゃがズラリと並ぶお店。若いスタッフたちに囲まれて、毎日届く本の荷解きやおすすめ絵本のリスト作り、成長に合わせたおもちゃの特徴を勉強しながら、お客さまにおすすめする仕事です。「子どもたちは押し付けがましい教育的なお話よりも、はちゃめちゃで奇想天外なお話が大好きなんですよ」と、自分の子育ての体験を生かして、自信を持ってすすめることができました。自分の過ごした時間が仕事に生かせると気付けたのは、本当に大きな喜びだったのです。

新鮮な外の空気を、胸いっぱい吸い込んで吐いて。そうする中で「妻だからこうしなければ」「母親だからこうでなくては」という思い込みを、ひとつひとつ手放していけたんだと思います。やっぱり奥さんとお母さんだけじゃない、引田かおりとしての自分の人生や時間、人間関係を持ちたかったんです。そして自分のやりたいことを実行に移すことで、長い間漠然と抱えていた違和感や焦燥感から解き放たれ、ようやく夫と対等な

思い込みを手放す

思い込みは、自分自身がつくるもの。自分で自分を縛る必要はありません。

「対話」が生まれてきました。

ターセンとは年齢が離れていることもあり、私にとって絶対的な存在でした。彼は弱音を吐くこともないし、根っからの努力家。こうと決めたらわき目もふらず、ものすごい集中力で目的を達成します。そんなお父さんでしたから、子どもたちは大変です。「なぜ一番になろうと努力しないんだ！」「君たちの仕事は、勉強なんだ」と叱られます。ちょうど子どもの深刻な問題や犯罪が報道され始めた頃でしたから、このままだと金属バット問題に発展しかねないと、身を盾にして子どもたちを守りました。

「言っていることは正しいかもしれないけど、みんながあなたと同じだったら、あなたは一番になれてないんじゃない？」「それぞれ個性があるからこそ社会や会社が成り立っていて、短所に見えるところも、角度を変えて見れば長所じゃないのか」と、くり返し話し合ったものです。おっとりのんびりしている人は、じっくりとていねいな仕事をするものです。「早く早く」と急かされる職場に不向きなことは、一目瞭然です。

なかなか「ごめんなさい」と言えない息子は、納得できれば二度と同じことで叱られませんが、すぐに「ごめんなさい」が言える娘は、同じ失敗をくり返します。そんな子どもそれぞれの性格を分かって寄り添う、否定や強制ではない、見守る忍耐力。なかなかこちらも成長させられたと思います。
ターセンの集中力は素晴らしいけれど、「子どもがお腹をすかせているな」とか、「ちょっと具合が悪そうだ」とか、本当に気が付きませんから。いろんな場面で真剣に話し合いました。その話し合いは、子育てが終わっても、暮らしのこと、仕事のことなどにかたちを変えて今でも続いています。そのときは理解できなくても、納得がいかなくても、自分の考えを相手に押しつけず、「そういうものかもしれないな」と、お互いの頭の中を想像してみることで、私たちはずいぶんやさしくなれたと思います。そしてこの時間こそが、私が私の人生を切り開くための、長い長いトンネルだったんだと、ようやく最近振り返って納得できるようになりました。

長いトンネル

抜け出てから、振り返ってみると分かる、暗いトンネルの大切さ。

ラテン系でほめる、笑い飛ばす

（K）

ターセンは根っこがラテン系。ケ・セラ・セラで何とかなるし、何とかできてしまう人です。その上アメリカの合理的・能力主義の会社で仕事をしてきたので、上下関係に気を配ったり、場の空気を忖度するというよりは、常に自分の言いたいこと、やりたいことに全力投球してきたと思います。

「自分はリーダー気質だ」と子どもの頃から自覚していたそうなので、チームとして何かを成功させるためには、とにかくほめる。それもほめるときはみんなの前で、叱るときは個人的に、というやり方を実行実践。そうやって意識的に意図的にほめると、人は伸びるし、変わるのだということを、経験として知っている人でした。それを長年、家族にも実行してきたのです。彼くらいの年齢の男性で、自分の妻を人前でも、直接本人に対しても、ほめる男性というのは、なかなかめずらしいのではないでしょうか？

結婚したての頃は、「何て大げさな人だろう」「嘘っぽいし、軽い感じ」と、ちょっぴり冷ややかな私でした。何せ若い私の現実は、わかめを戻しすぎたり、餃子が全部くっついたり、キムチを洗って残念がられたりしていましたから、失敗の連続です。それでも何とか人並みにお味噌汁やごはんのおかずを作れるようになってくると、「美味しいね」「ありがとう」と欠かさず言ってくれました。ほめてくれることはもちろん、何よりちゃんと言葉にしてくれることで、「見てくれているんだ」と感じられたことがうれしかったです。私もそんな彼の姿勢に、少しずつ影響を受けてきました。

調子にのって「美味しい？」って聞くと、「まだ食べてないよ」と返されたりしていたなあ。息子が小学生のとき、「お母さんは料理が上手です。僕は納豆ごはんがいちばん好きです」なんてずっこける作文を書いて、笑わせてくれたこともありました。

家事に子育て、仕事に大変な日々も、このお互いに「ほめる」ということが、家族の重要な潤滑油になっていたように思います。

人にものを差し上げるときに「つまらないものですが」と言ってきた日本人も、このところ、ようやく少しずつ変わってきている様子。夫のことも家族のことも自分のことも、意識してほめて伸ばすのは、元手もかからず、今すぐ取りかかれる一歩です。長い目で見ると、その効果は絶大、「大げさだなあ」と冷ややかだった自分を大いに反省し、

言葉にする

家族や友人、仕事相手にも、美しい言葉で感謝や感動を伝える練習を。

明るく変われた自分に驚く日々です。

そうそう、もうひとつ。苦労を笑いに変えたり、笑い飛ばしたりって、人間の素晴らしい能力だと思いませんか？　男兄弟がいなかった私は、息子の子育てで、大いに鍛えられました。大きくなったら何になりたいか。みんながパイロットとかお医者さんとか言っているのに、「大きなうちの犬！」なんて言ったり。

息子を見ていて、ターセンについて、男の人についての傾向を学び、対策を考えたといっても過言ではありません。仕事人間のターセンは、吉祥寺での待ち合わせでも会えないほどの方向音痴だったり、キャベツとレタスが見分けられなかったり、笑いの壺が満載でした。信じられないこと、理解の範疇を超えることが起こったときに、怒るよりも笑い飛ばす。笑うって、すごく前向きなエネルギーだと思うのです。

理解の範疇を超える

そんな場面にこそ、人類に備わった「笑い飛ばす叡智」、フル回転。

名刺を持たないおじさんになって

（T）

「いい時代だった」と言えばそれまでなんだけど、僕が会社に入った1970年頃は、日本経済もまだいろいろと手探りだった。足りないものがたくさんあったし、日本と世界をつなげるアイデアや、「もっと便利に」「もっと簡単に」「世の中をより良く」という空気が、社会に満ち満ちていた。男たちが家庭を顧みなくても許される時代、24時間戦うのが格好良かった。ほとんどの母さんは専業主婦で、父さんが特別扱いなのは当たり前。「先生」と呼ばれる人たちは、無条件に尊敬されていた。

外資系の会社だったから、能力重視で合理的。やればやっただけ評価は上がり、働くことが本当に楽しかった。46歳で転職した会社も、前の会社のOBたちがこれからやってくる未来を確信して創業した会社で、もう毎日がお祭り状態。社員も売り上げも毎年倍々の急成長。勢いは止まるところを知らなかった。やり切った初期のメンバーは、後輩たちに道を譲るべく早期退職。名刺を持たない52歳、大人の時間の始まりです。

その後も「ぜひ」と言ってくれた会社もあったんだけど、違うことをやってみたい好奇心と、カーリンを巻き込んでのパーティーや海外出張に限界を感じていたので、どれも丁重に断りました。「さあ、これからゆっくりできるぞ」と思ったんだけど、これがまあ、何とも落ち着かない。昨日も今日も明日も「予定がないっ‼」。あんなに「時間があったら」と願っていた現実が、「実は少しも楽しくない？」。

そこで「やりたい」と思っていたことを、片っ端からやってみることにした。フランス語、料理教室、カメラ教室に、仏像彫刻、書道。あらゆる習いごとを試してみたけれど、何をやっても、満たされない。やる気もどんどんなくなって、振り返れば軽い鬱症状、ウルトラマンのカラータイマーみたいに危険信号が点滅、アイデンティティが崩壊して、「自分の星に帰りたい！」みたいな気持ちになったりした。

そんな心と身体の不調と向き合いながら、時間がかかるかもしれないけど、「ここで自分の人生をシフトチェンジしなければ」と、強く思い始めた記憶があります。「僕の長所は、逃げないことじゃなかったのか？」「肩書きに頼らず、一人の人間としてきちんと生きていく、そんな簡単なことから逃げているのが自分なのか？」。

その退職後の半年間の悶々から、僕は、「暮らす」ということにとことん向き合う覚悟

「暮らすこと」に向き合う

会社人生卒業後の大ジャンプ。生活者として着地できたらしあわせ倍増。

を決めました。今までの人生から、価値観の大変革です。それまで会社では部下に命令することが当たり前だった僕が、分からないこと、できないことを、「暮らし」におけるメンターのカーリンに一から教えてもらいながら、食べることやあと片付け、掃除、洗濯など、ひとつひとつを人任せにせず、自分でやってみることにしたのです。

そしてカーリンが「やりたい」と始めたパン屋とギャラリー。ビルを建てること、人を雇うこと、経営面のもろもろなど、実務面で僕がやることはいろいろあったけど、主人公はあくまでもカーリン、自分は裏方に回ろうと決心した。

今だから正直に言うと、当時は自分で決めたことだし、頭では分かっていても、自分が主人公じゃないことが面白くないし、カーリンばかりが人気者になって、嫉妬もした。ここらへんの気持ちの折り合いを、「いやいや、そうじゃない」「彼女が主役なんだ」と、知性と理性で何とか乗り越えた自分が、今となっては誇らしいね（笑）。

そうして彼女を表にして仕事を続けるうちに、不思議と今度は「ターセンさん、ターセンさん」と、若い子に囲まれるようになっていった。やっぱりピンチは、チャンス。いつまでも肩書きや会社にしがみついてなくて、本当によかったと思っています。

嫉妬

表に出ている感情の奥底には、もしかして嫉妬があるのかも。自覚することが大事。

セロリ

（K）

それにしても、まったくもって結婚は千差万別、いろんな形がありますね。知り合いにも、同じ人と3回結婚・離婚をくり返した人や、子どもが18歳になるまで結婚の体裁を保って、誕生日を迎えるや「解散！」と宣言した人。樹木希林さんも最後まで離婚をすることはなく、その理由として「自分の内にある狂気や凶器を、彼がいてくれるおかげで収めておけるのだ」とおっしゃっていたのが印象的でした。私たちも40年も一緒にいるわけで、不可解にも思えるその解釈さえ、何となく分かるような気もします。

人は人がいてくれるから、自分の感情と向き合うことができるのです。人と向き合えばこそ、うれしさや喜び、悲しみや悔しさに気付かせてもらえます。なぜ分かってほしいのか、なぜ違うとこんなに悲しいのか。何でも自分の好きにしたいからと、無人島で一人で暮らせばしあわせなのか……そうではないことに気が付くのです。

結婚前は、自分が大好きなセロリを相手が大嫌いだったとしたら、「そうだよねえ、一生セロリなんて食べなくてもいいよね」と思える。ところが、一緒に暮らし始めたとたん、セロリの匂いさえ忌み嫌う相手に、「そこまで言わなくても」「やさしさが足りない」「信じられない」と、どんどん大きな問題に膨らませてしまうから、笑っちゃいますよね。相手がいるからこそ、のぞくことができる自分の深層心理、夫婦を続けるうちに、そんなことにも気付けるようになりました。何でも続けたからこそ、見えてくることってありますね。実はこうして文章を書くために、自分の人生を振り返る作業は、決して楽なことではありませんでした。辛かったり、悲しかったりしたことがもう一度よみがえってきて、すっかり別人になったターセンにさえ、理不尽な怒りが湧いてきたり（笑）。ターセンも「そういえば」と思い出すことが多々あったようで、詳しく話すわけではないけれど、お互い重ねてきた時間にしみじみしたのも事実です。

女友だちが主張することには「そうだね」とうなずけるのに、夫が同じことを言うと何だか腹が立つ。そんな話を知人にしたら、「女性は2000年くらい男性に抑圧されてきた歴史があるからね、そんな記憶が刻まれているんだよ」と言われました。なるほど、壮大な時間の中でくり返されたことが、感情となって現れているのかもしれない、不思議な考え方ですが、「そうかもなあ」って。人はそれぞれ違う見方、違う意見、違う考え

理不尽な怒り

深層心理には、個の歴史だけでなく、種としての歴史も刻み込まれているようです。

を持っています。だからこそ、人と関わるって面白いのかもしれません。

家庭を振り返らなかったターセンのことを書いたから、今さらながら女性陣からは「ひどい！」と怒りの声が出るかもしれません。けれども当時の彼が、家庭の細かなことをいちいち気にするような人だったら、もしかして何百人もの部下を束ねるような仕事はできなかったかもと思います。そして彼があのとき頑張って働いてくれたから、その後私たちがパン屋やギャラリーを始められる資金が、手元に入ってきました。どんなものごとにも、いい側面と悪い側面があります。それを笑って振り返られるかどうかは、その後の暮らし方で大きく変わってきます。

決して「我慢して結婚を継続してくださいね」と言いたいわけではありませんが、私たちの40年が、「何かの支えや、ヒントになるといいなあ」と思っています。人の本質は簡単には変わりませんが、それでも「変わろう」と決心すれば、変えられることはたくさんあります。誰かと暮らすことは、自分が変われるチャンス。行きつ戻りつ、毎日をいろんな工夫で乗り切っていたら、何だか見晴らしのいい素敵な場所にたどり着いていた、そんな感じでしょうか。結婚って、なかなかいいきっかけになると思っています。

「変わろう」と決心

まずは「変わるわけない」「変えられない」という思い込みをやめてみましょう。

6 まず「私」がどうしたいかをいちばんに

「母親だから」「父親だから」「妻だから」「夫だから」ではなく、一人の人間として「私はどうしたいのか」を考えるようにしましょう。

7 笑い飛ばす

何か問題が起こっても、あまり深刻にとらえすぎず、笑いに変えられるような柔軟さを。笑う門には福来る、笑うことが習慣になると、ラッキーも舞い込みます。

8 家族はそれぞれ別人格・別人生

たとえ夫婦や家族でも、自分とは別人格で、違う人生がある。そのことを受け入れ、尊重し、思い描く姿にはめ込もうとしたり、コントロールしようとするのはやめましょう。

9 相手の領域を侵さず、相手を頼ろう

お互いに支え合うことが、自分じゃない人と一緒に暮らす意味。相手が得意なこと、上手なことは気持ちよく頼り、「ありがとう！」「助かったよ！」と声をかけましょう。

10 短所は長所の裏返し

短所に見える部分も、視点を変えれば長所に。悪い部分ばかりにフォーカスせず、同じものごとの良い側面を見るように心掛けます。

二人の10か条　夫婦・家族 編

1　言いたいことを小出しに言う練習

我慢して溜め込んで、あとから感情を爆発させても、相手には何のことやらさっぱり。気付いたそのときに、伝えたいことを伝えていく。そのくり返しで、少しずつ習慣や関係は変化します。

2　理解できないことでも「そうかなあ」と思ってみる

男と女ではお互いに「信じられない！」「理解できない！」ということが満載。意見や見方の違いも、頭ごなしに否定するのではなく、「そういう考えもあるんだな」と思ってみます。そこで自分の視野も広くなる可能性が。

3　他人ごとだと想像したり、俯瞰してみよう

何か悩みや問題にぶち当たったとき、少し視点を変えてみる。人から相談を受け、そのアドバイスをするつもりで、解決策を考えてみましょう。

4　結婚・子育ては長期計画

夫婦や家族関係は、日々の積み重ねの中で育ち、成長していくもの。時間がかかることを受け入れ、目先の問題や不平不満にとらわれすぎない。そして「いずれこうなりたい」というビジョンを持つように。

5　お互いの成長をほめ合おう

ほめるのはタダでできるけど、効果絶大です。正しくほめるためには、相手を見つめ、観察することが条件ですから、関係性が深まるきっかけにも。

CHAPTER

2 仕事

まずは自分自身のため。
やがてまわりのしあわせのため。
仕事の持つ意味合いは
広く深く変化していく。

いきなりのパン屋

（T）

さて会社を辞めて時間ができて、「パン屋をやる」と決めたら、まわりの友人たちもとても驚いて、「なぜパン屋？」「自分たちでパンを焼くの!?」、そんな質問を山のように受けた。カーリンはまるで予知能力があったかのように、「大正通りの花屋の裏手にある空き地を眺めるたびに、窓面積の大きい、やさしい色のビルが建っていて、そこに人々が行き交う風景が見えていた」と、語ります。パン屋と決めたのは、住んでいる街・吉祥寺への恩返し。「自分の住む街に、自慢できるパン屋があったらいいなあ」という思いでした。最初にイメージしていたのは、こぢんまりとした小さなお店だった。

ビジネスマン時代、大きな仕事を決めて、意気揚々と帰ってきて報告しても、カーリンからは「その仕事は、本当に人をしあわせにしているの？」と返されるのがお決まりだった。そのときは「モチロンだ！」と突っ走っていたけれど、彼女の問いかけはずっと胸の中に引っかかっていた。リタイア後の新しい仕事を考えたとき、「恩返し」という言葉が浮かんできたのも、そんな流れがあったから。

僕はビジネスの世界にいたから、何か仕事を始めるときは、ビジョンをしっかりと考えることが習慣化されている。「ビジョン」とは、たどり着くべき未来像のこと。どんなお店にしたいか……それは「どこにもないパン屋」。昔からとにかく「人とは違うことをやりたい」と考える僕は、既存のパン屋さんとはまったく違ったイメージのお店を作りたいと思った。

次に「ミッション」。何のためにやるのか。「みんながしあわせになる」。経営者のひとりよがりではなく、お客さまも、働いているスタッフも、材料の仕入れ先も、関わる人全員がしあわせになるお店。

そして何年後にどうなっているかの具体的な目標、「ゴール」。「美しい店で、楽しく、身体にいい、美味しいパンを提供し、それを10年は続ける」。その目標に合わせ、店名は「ダンディゾン（フランス語で「10年後」という意味）」に決めた。それを実現する「ストラテジー」は戦略。「利益よりもパンの質を追究し、規模拡大に走らない」。支店は出さない。デパ地下などにも出店しない。

あんな感じ、こんな感じと、理想をひとつずつ形にしたら、当初のイメージはどこへ

たどり着くべき未来像

ビジョン→ミッション→ゴール→ストラテジー。この順番で考えることが大事。

やら、何ともスケールの大きなお店になってしまいました。

「どこにもない、美味しくて、美しいパン屋にしたい」。その情熱と、そこから生まれた行動力で、たくさんの幸運な出会いに恵まれました。僕たちのビジョンを実現してくれたプロデューサー、シェフ、若い建築家と彼らを経験で支えてくれた大手建設会社の親友。2003年4月5日、雨の開店初日にできた長い行列は、思い返しても奇跡のよう。

しかし「みんながしあわせに」と掲げていたものの、お店を始めてみると、スタッフが簡単にあっけなく辞めてしまうことに、当初は本当に驚いた。「飲食業はこんなもの」と説明されたけど、どうにも僕は納得がいかなくて、ひとつひとつ根気強く、改善改革の努力を重ねていった。「何ごとも3年くらいはやってみないと、自分に合うか合わないかは判断できないんじゃないのか?」「やりたい、なりたいと踏み出した一歩なら、石の上にも……なんじゃないのか?」と、古い考えなのかもしれないけれど、どうすれば長く働いてもらえるのか、理想と現実をすり合わせながら、できる改善策を探っていった。

そうするうちに分かったことは、「パン屋になろう!」と思う人はもともと、とても我慢強いタイプ。ぎりぎりまで言葉にしないで体育会系の上司に我慢を重ねるので、ふと

石の上にも三年

継続は力と経験になる。その仕事が継続に値するかどうか、見極めも大事。

したきっかけでプツンと限界がきて、「辞めます」ということになる。これはそうなる前に、細やかに聞き取りをしたり、気づかったり、小さな問題のうちに解決するのが重要だということに気が付いたのです。

そこで始めたのが、スタッフとの面談。一年に一度、一人一人のスタッフと時間をつくって話をする。次の年もまた、同じ質問をして話を聞く。今現在仕事で感じていること、悩みごと、これからどうしていきたいのか……。

「話を聞いてくれるんだ」という安心感から、少しずつ信頼関係を築けたように思う。個々の面談のほか、ほぼ毎月スタッフたちとミーティングの機会も持つように。やはり仕事で大切なのは、コミュニケーション。幸いなことに、開店の立ち上げから今に至るまで、店長の森涼子がずっと「ダンディゾン」を支えてきてくれて、人一倍働き者で真面目な彼女が、僕たちの考えを理解して、細やかに動いてくれたことで、開店から15年を経た今では、本当にスタッフが長く勤めてくれる職場になっている。

面談を続けていくと、社員だからとか、アルバイトだからとかではなく、誰もが自由に意見を言えるように変化していった。「こうすればもっと美味しくなる」「もっと良く

コミュニケーション

立場の上下関係なく意見を出し合うこと、僕がずっと実践してきた仕事のやり方。

なる」という考えをお互いに受け止めて、自分が経営しているお店のような意識を持てる職場になっていったように思います。

「ダンディゾン」は、僕たちが職人としてパンを焼いているお店ではありません。僕が経営者としてできることは、「こういうお店にしたい」というビジョンを全員で共有して、一緒にやっていくこと。利益はみんなで分けること、自分さえ良ければいいという経営は、必ず破綻すると僕は思う。

ついつい昔の癖が出て、右肩上がりの売り上げを目標にしたくなり、「もっと効率良く」「合理的に」と考え始めては、カーリンに叱られてわれに返っているけれど……。食べることとは、経済至上主義とは別の側面があり、原価率や収益のことばかり考えていると、「美味しい」からどんどん離れていくものだと分かっていった。

開店当初から、おかげさまで忙しいお店になったので、夏休みと冬休みは長く取るようにした。店名の「10年後」というゴールの第一段階を達成した頃、お店は営業しながらスタッフが交代して休むというのではなく、思い切って週休二日に。スタッフが「普通の人と生活がまったく合わない」ということがないように、朝の出勤時間を遅くしたり、小麦の主な仕入れ先の北海道の農家に、スタッフみんなで研修旅行を実施したり。「パン屋はこういうもの」という固定概念にとらわれることなく、みんなが健康で元気に、「自分がダンディゾンの経営をしているんだ」という意識を持てるように、できることはすべてやりたいと考えている。

大きくいえば、スタッフたちは縁あって一緒にいる家族のような存在。個々の相談にはいつでものるし、心や身体のメンテナンスも家族同様、自分たちが経験していいと思うことをすすめていく。お店にとって商品が美味しいことと同じくらい、スタッフが生き生きと笑顔で働いていることが大事。自分が客の立場になったときも、そういうお店は本当にうれしいし、訪れるのがしあわせだよね。その空気感は、必ずお客さまに伝わると思う。自分の夢のために、早朝から一生懸命働く彼らが、人生を振り返ったとき、吉祥寺のパン屋で働いたことを誇りに、自慢に思ってくれるようにといつも願っています。

最近すごくうれしいのは、出産や家族の転勤でいったん辞めたスタッフたちが、お店に戻ってきてくれること。「また働きたい」と思ってもらえるなんて、本当に感激する。いいパン屋になりました。

笑顔で働く

お店の空気感は、働く人の笑顔と掃除でつくられる。

突然のギャラリー

（K）

きっかけは友人のひと言。「ギャラリーやったらどうかしら？」って。パン屋は「やりたい、やろう」と思っていたけれど、ギャラリーは想定していなかったので、さすがに無理難題。それでも投げられたお題に、むくむくと妄想が膨らみました。

小さなセレクトショップで見た、四ツ葉のクローバーが入ったガラスのたまご。彼女の作品をいっぱい並べたら素敵だろうなあ……。雑誌の中でしか見られないテーブルスタイリングを、ギャラリーという空間で提案して、器の販売もできたら……。そんな風に想像を広げていくと、ワクワクが止まりません。「やってみたい」「やろう！」と決意し、見切り発車してしまったのです。無謀にも提案は、ビルの設計図と熱い思いだけという状態で、お恥ずかしい限りのお願いを、何人もの作家の方に聞いていただきました。

ただの主婦だった私が、どうしてこんなにも大胆になれたのか？　原動力となったのは、自分の中に子育てや家のことを「やり切った」という思いがあり、そこから大きな熱量が生まれたのだと思います。そして「新しい挑戦をしたい」という気持ちの強さが、私をつき動かしました。たいてい10年前の自分は、今の自分を想像できませんよね。ということは、逆に考えると「何にでもなれる」ということ。「恥ずかしい」とか「迷惑かけちゃう」と言う前に、どうしてもやりたいなら、やってみるべき。やってみてダメだったら、引き返せばいいんです。たとえ失敗しても、そういう経験が、人生を豊かなものにしてくれると思うのです。さらにはその夢が、まわりとの調和、みんなのしあわせにつながるものならば。いいことを思いついたら、まわりを巻き込んで、「やっちゃいましょう」と、声を大にして言いたいです。

素地も経験も人脈もなく、今思い返しても、みなさん本当によく会ってくださったなあと思います。「やりましょう」と言ってくれたのは、ガラス作家のイイノナホさん。よくよく付き合ってみると、恐いもの知らずのウルトラポジティブ。その後もお付き合いは続いて、最初に本当にいい人に出会えたと思います。

第1回の展らん会が決まったとはいえ、次々に企画を考えて、先のことを考えなくてはいけないのがギャラリーです。連絡を取りたくても、住所も電話番号も分からない時代。取り扱いのあるお店やギャラリーに、作家さんの連絡先を恐る恐る尋ねては、「教え

失敗してもいい

失敗は挑戦した証。失敗が多い人ほど、成功する可能性も高くなるはず。

られません」と、ぴしゃりと断られてびっくりすることが何度もありました。「うちのギャラリーの作家」という縄張りのようなものがあって、決してオープンではない世界だとあとから知りました。ギャラリーでご紹介するのは期間中1週間のこと、「その後は、このお店で買えますよ」という考え方もダメでした。

山のように驚いたり落ち込んだりして、たくさんのしきたりを学びながら、ご縁がつながった作家さんにお手紙しては、ドキドキ返事を待っていたことがなつかしいです。いや十数年が経過した今でも、そんなやり取りは変わりません。最近では作家さん自らが情報を発信、販売をしていることも多く、同じ商品は2駅以上空けて……という暗黙のルールも崩壊してきています。売れるものはみんなが取り扱いたいですものね、なかなか難しい問題です。

最初の頃は、この作家さんのこの作品が好きということで、「ぜひ展らん会をやりたいです」とお願いしたものの、出てきた新作や全体を見渡すと、予想とまったく違って、「こんなはずじゃなかったのに」と、逃げ出したくなった展示も実はたくさんありました。ものを作り出すというのは、ものすごいエネルギーが必要です。時間や手間がかかる

お手紙しては

手紙を書いてみませんか？　ゆっくり考え、ゆっくり書けるのもいいものです。

ことはもちろん、自分の内面を見つめ、学び、人を感動させるに値する光を放たなければなりません。世の中の多くの人に受け入れられて、充分な収入につながるまでには、作家さんの人生は苦労が多いものです。

そういったアーティストたちとのやり取り、会期中の密着する時間に、最初のうちは疲労困憊。熱が出たり、体調を崩したりすることも多かったです。やりがいもあったけれど、果たしてこの先も続けていけるのか、大層不安でした。

それでも、ギャラリーをしていたからこそ知り合えた友人や知人たちと過ごすのは珠玉の時間で、何にも代え難く、全力で駆け抜けた展らん会の成功を喜び合ったり、展らん会がきっかけで書籍が出たり、大きな仕事につながったりすることは、本当に本当に大きな喜びだったのです。

ギャラリーはまぎれもなく、アーティストたちの応援団です。彼らの自己実現を全力で応援する場所。でも、ただそれだけです。あるときから、私は彼らの人生まで心配するのをやめました。「みんな大丈夫、自分でその人生を選んでいるのだから」。そう思えるようになって、ずいぶん楽になりました。

調子を崩していた頃の私は、きっと彼らのことを、必要以上に心配しすぎていたのでしょう。「心配」より、「応援」。本当に好きなものだけを、本当に好きな人とだけで行う企画展。一年に何回開催せねばとか、売り上げはいくら以上あげねばとか、そんなことは関係なく、私はできることをやるだけだと思っています。

気が付くと、一年に何度も文化祭をしているようなものです。梱包を解いて、きれいに並べて、会期が終わると作品を発送して。カッターの刃はいつも新しくしておく。在廊してくださる作家さんのお昼ごはんや、おやつのこと。お出かけくださるお客さまにプラスαで、ちょっと美味しいお菓子の販売。できること、思い付くことは、全部やります。きっとそれがフェブらしい、私がやれることだから。

「フェブで展らん会をやってよかったなあ」「来てよかったなあ」、そう思っていただけるよう、あれこれ考えるのが心から好き。だって本当に、楽しい仕事なんですもの。

全部やります

やれることは全部やってみる。力を出し切ると、次にやるべきことも見えてきます。

2016年より続く高橋みどりさんの展らん会では、たくさんの器が旅立ちました。彼女と仕事ができていちばんうれしいのは、雑誌や書籍で見ていた仕事を立体で見られること。

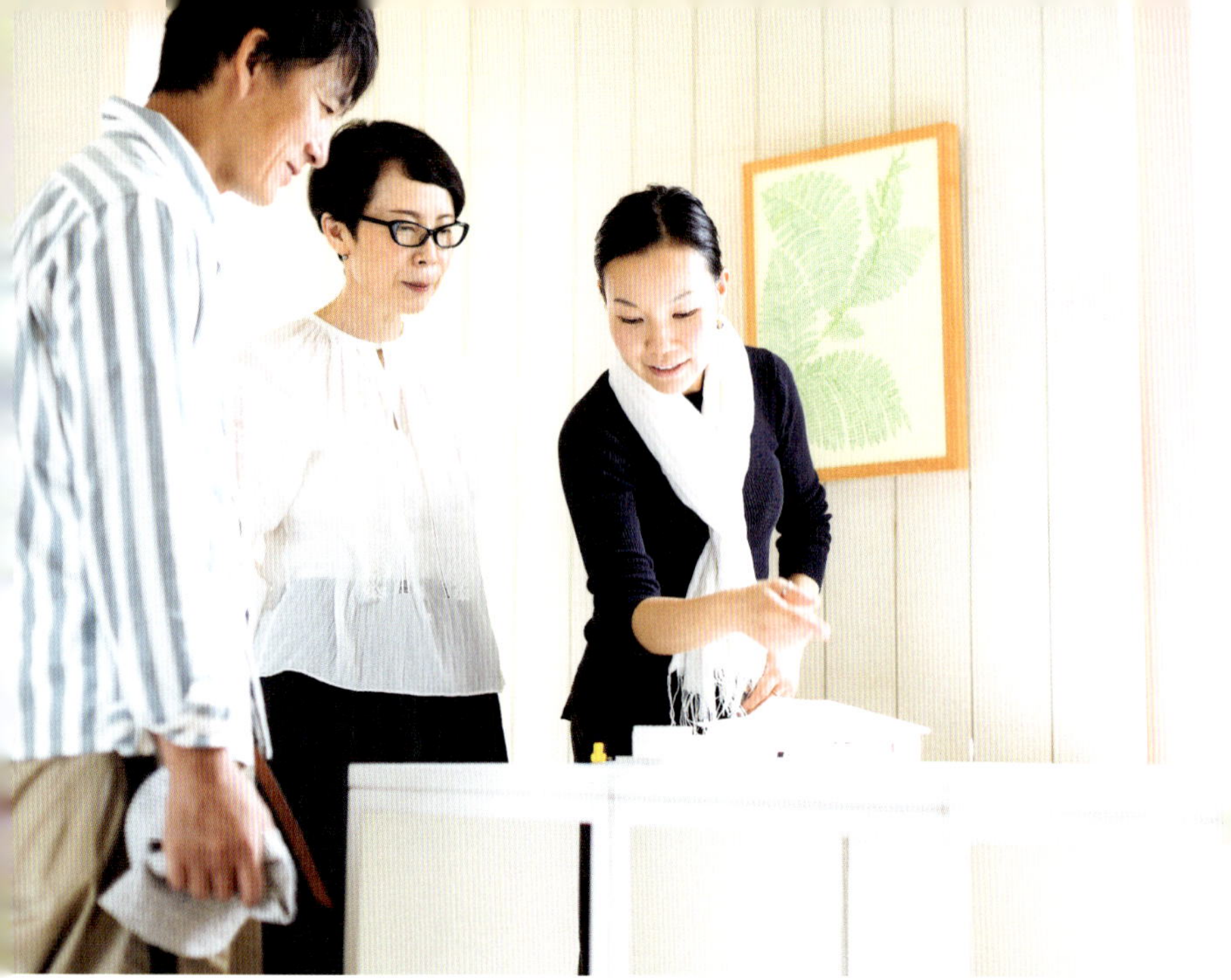

「mitosaya 大多喜薬草園蒸留所のための／からのドローイング」展。自分では思いもつかない大きな夢を追う若者たちを、応援できるのもギャラリーを営むことの喜びのひとつです。

ギャラリースタッフ・おはらあやの「いつかやりたい夢」を聞いて、形にするきっかけもこの場所でした。「フルーツ喫茶オハラ」は、西荻窪でときどきオープンしています。

ギャラリーfèveの展らん会DM

2003

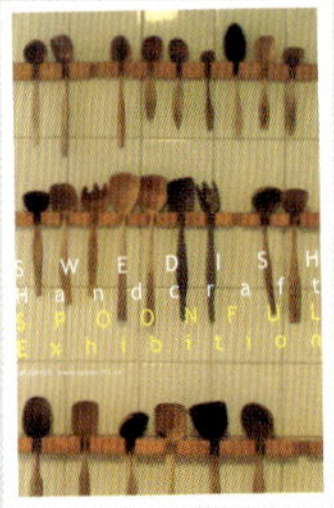

2004

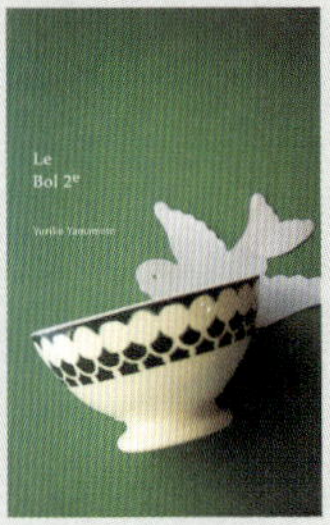

2005

2006

2008

2007

2009

2010

2011

2012

2013

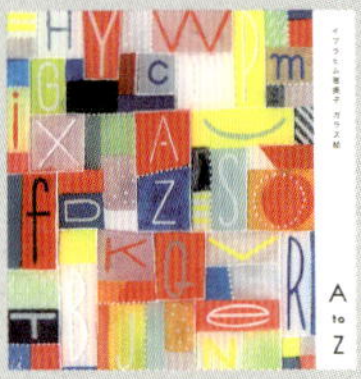

2014

2015

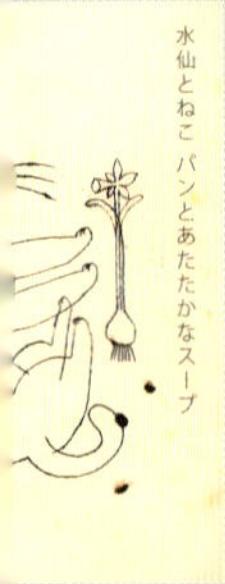

2016

2017

2018

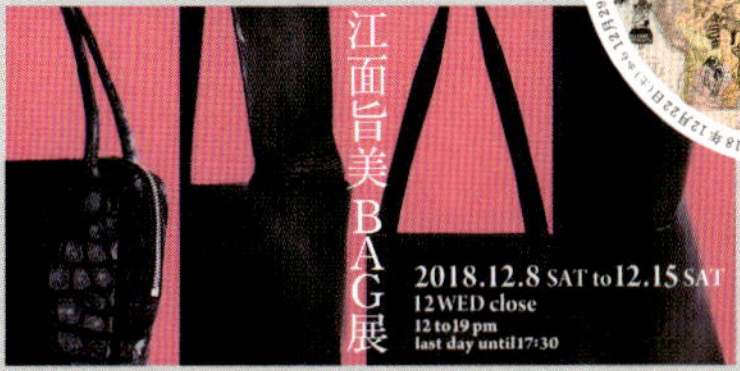

2019

楽しい仲間たち

（T）

ギャラリーを営んでいて何が楽しいって、「いいなあ」と思う人たちと一緒に、展らん会をつくり上げられること。ターセンはまあまあ百戦練磨、過去にビジネスの世界でいろんなことを経験した自負があったから、人生ほとんどのことは想定内でした。ところがギャラリーやパン屋を始めたら、それまでの経験や予想をはるかに超えたホスピタリティや発想と出会えることに、本当に驚きました。「自分が今まで出会ったことのないサークルに、足を踏み入れたんだな」と、ちょっと感動したのを覚えています。

大きな組織で大きな仕事をしていると、なかなか細部まで見渡すことが難しい、個人が異議申し立てをしても、少しくらいなら動き出したプロジェクトが優先で、飲み込まざるを得ないこともあるのが現実。「ここで止めるわけにはいかないだろう」、なんてね。

ところが作家やアーティスト、クリエイターと呼ばれる人たちは、決して妥協をしない。探しても探しても、希望のパーツが市販品で見つからなければ、自分で作ってしまう。展示のレイアウトにしても、気に入るまで変更を重ねる労を厭わないから、ギャラリーの鍵を預けて、僕たちが先に帰ったりすることも多い。自分の能力や可能性を信じて、最後まで最上を目指してやり切る清々しさに、いつも感動させられます。

そういう人たちと仕事をすると、「じゃあ、こうしたらどうだろう」「こういうこともできそうだ」と、お互いにどんどんいいアイデアが浮かんできて、実行することができる。利益や対価、効率が、必ずしも最優先ではないんだよね。

今では作品がなかなか手に入らなくなってしまった陶芸作家・アーティストの鹿児島睦さんが、開店を待って並ぶ人のために、「綿あめを作るのはどうだろう」「オリジナルの数独（数字を書き入れるペンシルパズル）を作ろうか」と提案してきたときは、本当に驚かされた。自分がセレクトした器展を企画したスタイリストの高橋みどりさんは、毎日在廊して、日々どこかしらスタイリングの手直しをするし、リネンブランド「オールドマンズテーラー」のしむら祐次くんは、まるで隣町からかのようにひょいと、富士吉田市から重たいテーブルや什器持参でやってくる。

誰もが快くお客さまが求めるサインに応じるし、たとえば外箱に貴重な絵なんか描いたりして、「やりすぎじゃないの？」と最初は心配したりもしたけど、好きなことを仕事

アイデアがどんどん浮かぶ

いいアイデア＆オープンマインドのキャッチボールは、すごい化学反応が起こります。

にできている喜びに溢れていて、人気者になった今も、おごることなく謙虚であり続けているんだよね。自分がデザインした洋服を着ている人を、初めて街で見かけたとき、追いかけてお礼を言いたかったあのときの感激した気持ち。そういう初心を、誰もが忘れていない。

展示が終わったあとも、それぞれが新しい仕事、動き出したプロジェクトのことを、「いちばんにお知らせしたくて」と、意気揚揚と報告してくれるのが、本当にうれしい。

僕たちが尊敬する彼らは、本当に自分の力を出し惜しみすることなく、人を喜ばせたいというエネルギーで満ち満ちています。そしてよく食べてよく飲んで、よくしゃべる。それに対して僕たちも、東京の西のはずれの小さなギャラリーで、展らん会をやってもらえることへの感謝の気持ちを忘れずに、フェブならではの企画、ここでしかやれないことを実現するために、力を出し切る。そのくり返しで、強い信頼関係が築かれてきたことを実感している。

かつての仕事で、利益や効率、合理化を優先してきた僕はついつい、「こうしたほうが早く上手くいく」「こうやったほうが簡単じゃないか」と思ってしまうんだけど、自分の仕事を時給計算なんてしない作家たちは、自分が納得できる方法でしか前には進まない。効率のために、作り出す喜びや魂を売ったりはしないのだ。

ギャラリーを10年、15年と続けてきたことで見えてくる景色がある。続かなかった関係や受け入れられなかった企画、もちろんいろいろあるけど、「いいな」と思うこと、大事にしていることが、お互いピタリとハマる瞬間の感動は、何にも代え難いもの。年齢や性別に関係なく、心から尊敬できる彼らと仕事ができることに感謝したい。

そして最近では、自分が生きてきたビジネスの世界のあれこれを、多くの作家たちが「知りたい」「聞きたい」と言ってくれるようにもなってきた。ほとんどリンクしていない、このふたつの世界をつなげることが、僕の使命なのかもしれないと考えている今日この頃です。

話は変わるけど、ターセンは一人で温泉へ行くのが大好き。あるときカーリンが買った女性誌の温泉特集を見ていたら、男性誌のそれよりも、ずっとずっと面白くて楽しいじゃありませんか。誘われて参加する女子会だって、話題も豊富で、間違いなく美味しいものが食べられる。そんな発見もあって、お酒の強い女子たちが、次々とターセンの

ビジネスの世界あれこれ

一田憲子さん著『キッチンで読むビジネスのはなし』(KADOKAWA)で語っています。

11:00 新大阪 N700系
9

親友になっていきました。僕の経験から、よく食べよく飲み、よくしゃべる人は、仕事もできる人という方程式が成り立ちます。

ギャラリーの仕事は「作品をどう見せるか」が大切なので、ここぞというときは、スタイリストに構成やスタイリングをお願いします。そうすると作家も想像していなかったような作品の見え方、見せ方に驚いて感動する、まさに化学反応が起こるのです。

そういうやり取りの中で仲良くなった伊藤まさこさんは、めっぽうお酒が強く、飲み友だちの筆頭。陶芸家の内田鋼一さんが私財をなげうって作った「ＢＡＮＫＯ ａｒｃｈｉｖｅ ｄｅｓｉｇｎ ｍｕｓｅｕｍ」のお祝いと応援にも、二人で駆けつけました。

それにしても何で女子たちは、こんなに元気で楽しそうなんだろう？

「ターセンは本当にオープンマインドですね」って驚かれるけど、僕の好きな楽しい仲間たちもみんな、例外なくオープン。自分の得意なことをみんなと共有したいと、心の底から思っている。「変だな」「嫌だな」ということにも敏感で、さらりとそれらをかわしながら、しなやかに仕事をしています。これじゃあ、男は置いていかれちゃうよね。

年齢や性別に関係なく、「仕事が楽しい」って、素敵なことです。

オープンマインド

閉じているより、開いているほうが、楽しいことが起こるよ。

お金と仕事のバランス

（T）

結婚しない若者が増えたそうだけど、理由のひとつに、「自分のお給料は、全部自分で使いたい」というのがあるのだとか。平日は一生懸命働いて、家事も育児も手伝って、休日に昼まで寝ているなんて許されない。僕らの時代とくらべて、最近は男も女も大変だな……と思って見ています。女の人も仕事をするのが当たり前の時代。協力してやっていければいちばんいいよね。

お金は欲しいし、仕事も楽しいけど、つい働きすぎて身体がボロボロ。仕事とお金、暮らしのバランスは、本当に難しい問題だ。でもここでもやっぱり大切なのは、「ビジョン」。自分がどうなりたいか、どういう未来を望んでいるのか。誰かと一緒に人生を構築するのか、一生独身で過ごす人生なのか……想像してみること。

今よりも暮らしの質を向上させたいのなら、収入のアップは必要不可欠。共働きするかどうかの選択や、職種選びも大切。でもね、ソロバンばっかりはじいていても、計算通りにはいきません。「子どもを一人育てるのに、このくらいお金がかかりますよ」と言われて、「じゃあ子どもは一人でいい」と決めたりするのをよく聞きますが、何だかね。そうそう計画通りにはいかないのが、人生の醍醐味でもあると思う。

僕は割と、収入と支出のバランスを堅実に考えるタイプだった。これは育った時代や環境が大きいかもしれない。サラリーマンだった僕の父が、昭和30〜40年代に3人の子どもをそれぞれ私立の学校に行かせることは、かなり大変だったと思います。学費は出してもらったけど、金持ちの友人たちと付き合うために、当時は肉体労働のアルバイトもずいぶんやったなあ。結婚しても、東京の物価はおかしなことになっていたから、ずっと土地や持ち家にも興味がなかったしね。好きなときに、好きな場所に、引っ越しできる気楽さを優先してきました。

ところが結婚したカーリンは、見事にお金に執着しない人。「いるものは、いる。いらないものは、いらない」、それがすべて。欲しいと思ったら、値段も気にしないで買い物ができるタイプ。これはもう育ちとか関係なく、持って生まれた本人の資質だと思う。僕のサラリーマン時代も、稼いだら稼いだぶんだけ、きれいさっぱり使い切ってしまう（笑）。だから僕も、引っ越し代や子どもの教育費、食費のことなど、ハラハラしながら

計画通りにいかない

計画通りのことよりも、予期せぬ出来事こそが、振り返ってみると人生の醍醐味。

一生懸命働きましたよ。

けれども振り返って思うのは、暮らしに手を抜かないことが、彼女のこだわりであり、長所だった。家族の健康が最優先だから、食材はきちんとしたものを買う。成長する子どもたちの靴や洋服も、ちょっと大きめじゃなくて、いつもぴったりのサイズを着せていた。浪費ではなく、日々の暮らしの中で、常に「本当にいいもの」を求め続けてきたからこそ、真の意味での「豊かさ」に到達できたのかもしれないと思っています。

モーレツに働いてお金を得て、会社を辞めたあとには、僕の中にも「別荘が欲しい」とか、「特別な車が欲しい」とか、人並みの欲求がムクムクと湧いてきたんだけど、「それを手に入れて、本当にしあわせなの？」「あなたは本当にそれが欲しいの？」とくり返し彼女に聞かれて、「そうか、何だか違うな」と納得したのを覚えている。テレビや雑誌、インターネットでは情報があふれているから、ついつい他人の暮らしがうらやましくなる。でも逆に、本当に大事なことを見失う時代とも言える。

「病気になったら」「この先仕事がなくなったら」と、どんどん脅されて、不安になって萎縮する。貯金がいくらあっても足りないような気がしてくる。聡明な友人は、「何

「本当に欲しいの？」

「欲しい」気持ちを分析。手に入れたその先を想像できないものは、ただの衝動。

かあっても、半年は働かなくてもいいだけの貯金をしています、備えはそれだけ」ときっぱり。それは彼女が、自分の人生について、とことん優先順位を考えたからこその言葉だと思う。住む場所も仕事も生き方も、自分で決められる恵まれた時代だからこそ、お金と仕事、暮らしのバランスを考えることが大切なんだよね。

長い人生、お金をいちばんの目的にする時期があってもいいと、僕は思う。でもずっとはダメ。お金は天下の回りもの、執着しすぎてふりまわされては、つまりません。僕は過去に、お金をいちばんにすることで、身体をこわしたり、家族を失ったり、多くの大切なものを失う知人や友人を、たくさん見てきました。「もっともっと」とお金に執着すると、人間は善悪の判断がおかしくなっていく。

一生懸命に働いたお金で、いいものを買う、いいことに使う。そうすると、ぐるっと回って戻ってきて、確実にその人の格を上げていく。それが、僕が今まで生きてきた経験の中で至った、お金に関するひとつの真実です。

僕たちが営むパン屋もギャラリーも、決して安価なものを提供するところではありません。でも本当にいいものは、人を感動させる力があると思っている。食べる人の健康

を考え、できるだけいい原料を探す。才能のある作家たちの作品に、その努力に見合う空間を提供する。僕たちが届けたいと思う大切なものを見失わず、大事なことやものにお金を使ってきたからこそ、いい場所ができたのではないかと振り返って思います。
「いつか時間ができたら」「いつかお金ができたら」もいいけれど、やっぱり日々「やりたいこと」や「大切なこと」について考え、自分の優先順位を見失わない練習。その積み重ねが本当に大事なんだよね。

頭の中も、整理整頓

（T）

片付け本などで「あなたの家や部屋の状態は、あなたの頭の中と同じです」と書かれているけれど、「上手いこと言うなあ」と感心しています。時間がない、捨てられない、まわりが協力してくれない……片付かない理由を、何かのせいにする。そういうタイプの人はたいてい、「いつかこうしたい」「いつかこうなりたい」と、何年もぐるぐる同じことを言い続けているものね。

ターセンは問題解決に燃えます。前人未到の挑戦、まだ誰もやったことがないこと、困難であればあるほど、それだけでワクワクする。「海の向こうに一体何があるのか、地球が丸いと証明されていない時代に、航海に出たのは男たちだもんね」と、カーリンには呆れられていますが……。若い頃、悩みや愚痴を、ただ聞いてほしいだけのカーリンに向かって、「ああしたら」「こうしたら」と具体的な解決策を言っては、迷惑がられたことを鮮明に思い出す。

ところが面白いことに、今の仕事を始めてみたら、僕よりもカーリンは気が短い。今すぐに何とかしたい人。アイデアを思い付いたら、何でもすぐに始めてしまう。そういえば子育て時代も、急に思い付いた模様替えを、会社から戻った夜中に手伝わされたりしていたなあ。

整理整頓は大切だけど、もちろん暮らしていれば、書きかけの原稿、いつか作りたいレシピの切り抜き、あれやこれやが散乱していく。だからね、しわが寄るところを決めておく。「とりあえず」の引き出しとか、「そこだけは片付いてなくてもいい」という一定の場所。その場所が窮屈になって、気になってきたら、手を付けるようにしています。

雑誌などで家を取材される機会が多いから、「引田家は常に片付いている」と思う人が多いみたいだけど、わが家だって、どこもかしこもきちんと整理整頓されているわけではありません。でも決して手付かずではない。しょっちゅう見直すし、入れ替える。整理に関して、僕は機能重視、カーリンは見た目重視。二人の得意分野が違うのも良かったのかも。

いらないものを捨てるには、練習がいるよね、優先順位を決める練習だ。学年が変わったら、お知らせやプリントを整理して捨てるでしょ。「6年生になったんだから、もう

捨てる練習

今持っているものを手放すことで、次に進むことができます。

上／ギャラリーの備品や包材を収める棚は「スタンダードトレード」に特注して作ってもらいました。下／日本製の古い棚や引き出しを使って、展らん会ごとに書類を整理。

九九の練習帳は必要ない」って。そうやって子どもの頃から、引き出しの中の整理ができてくると、頭の中も片付いてくる。「急ぎじゃない課題はあとにして、今はこれに集中しよう」「お、いいアイデア思い付いたぞ！」ってね。あとで考えればいいことを、ぐるぐる考えたりしなくなる。

　頭の中が整理されると、探しものはパッと見つかる。「そうだあの人に聞いてみよう」「あそこに行けばあるかもしれない」という具合に。解決のヒントが見つかってスッキリ、家の中での探しものもグンと減るはずです。

　僕たちだって、のんびりゴロゴロ、何もない日はグダグダして過ごしています。「ああ、掃除しなきゃ」「片付けなきゃ」「モヤモヤしてきたけど、やりたくないなあ」というときだってあるんです。でも身体を動かして、まず部屋の掃除や片付けをしていると、どんどん頭がクリアになってくる。どさっと古い資料を資源ゴミに出したら、何だか身体も軽くなっている。そういう経験をくり返しているから、やっぱりいつもきれいな状態を目指します。やるかやらないか。小さなことだけど、大げさに言えば、大きく人生を左右すると思います。

身体も軽くなる

部屋の状態は、頭の中だけでなく、身体の状態ともリンクする、これホント。

そういえば僕は中学時代、図書室の本を全部読みたくて、図書部員になった。アイウエオの作家順に並ぶ書籍、貸出カード、「あとでやろう」なんて思ったら、図書部員は失格です。受験勉強も傾向と対策、しっかりやったから、そういう意味での整理整頓は根っから好きなことだったかもしれない。

でも暮らしの整理整頓は終わりがないし、たいてい誰にも評価されない。ここが受験や仕事と大きく違うところ。作って食べて、片付ける。着て脱いで、洗濯して干して、たたんでしまう。どこまでいっても終わりがない。「どうせまた着るんだから、たたまなくていいんじゃないか」ってね。

だから僕も暮らしの整理整頓は、カーリンをお手本に練習した。出したらしまう、使ったら片付ける。やり出したらやっぱり、僕のほうが上級者。ざっくり片付けるカーリンのあれこれを分類したり、選別したりとフォローしていく。仕事では、何かいいアイデアを思い付くのはたいていカーリンだから、それを具象化するための作戦を実行するのが僕の役割。僕たちは互いに、得意なことは相手を信用して任せるスタイルだから、「あとはよろしく！」と、手離れがいい。

カーリンをお手本に

男のコケンは暮らしには一切不要。捨てたほうが楽しくなる。

片付けに苦手意識がある人は、まず届いたメールをいつまでも残さず、返信して削除してみるのはどうだろう。部屋や家を片付けるのは大ごとかもしれないけど、自分のスマホやパソコン、お財布ならすぐやれるんじゃないかな。いらないポイントカードやレシートを毎日捨てて、スッキリした財布。小さな部分でも、整理されているのは、やっぱり気持ちがいい。ぜひ1週間、試しにやってみてください。

思い立ったが吉日

（K）

好きな数字ってありませんか？　ターセンは1と7、で、足して8。私は2と5。でね、私は毎朝お風呂に入るんですが、湯船につかるのに20分のタイマーをかけるんです。そこから逆算される数字、残り5分55秒を目撃できると「GO GO GO!」、何だか一日上手くいきそうな気がします。あちこちマッサージしたり、パックしながらだから、ずっとタイマーを凝視しているわけではありません。でも何となく体感として、「そろそろかな」と分かってくる。そういう毎日の行動に裏付けられた、「そろそろなんじゃないか」という感じが実は、チャンスを逃さないとか、ふっと気になる情報をキャッチする力を、磨いているように思えるのです。

もとからの性格もありますが、仕事を始めてからは特に、ターセンを見習って「あとで」や「いつか」というのを減らすように努力しました。今日できることは今日やる。できることは、なるべく早くやる。

けれども子育て中は、子どものリズムが中心ですし、両親ともに「早く早く」では息が詰まってしまうから、私は意識してのんびり、ゆっくり、待つということを心掛けました。家事を終わらせたくても、まずは疲れて寝ちゃいそうな子どもを、お風呂に入れなければいけません。「部屋が散らかっていても、誰も死なない」と、子育て中の励まし、昔の人はよく言っていましたっけ。

当時ターセンは仕事人間でしたから、「子育ては任せたよ」みたいな、暗黙の了解がありました。でもそれでは、いざ時間ができて、「さあ、お父さんに何でも話してごらん」と言ったところであとの祭り、誰からも相手にされない未来が待っている。そんな未来にならないように、父子ができるだけ一緒に過ごす時間をつくる工夫をしました。

子どもにとって、家にとりあえずの予定がない人がいるって、素晴らしい。「お腹がすいた」とか、「聞いてほしいことがある」とか、自分に向き合ってくれる人がいてくれる安心感は、本当に大切だと思います。息子と娘が小学校に上がるまでは、何とかそうやって家にいましたが、本音を言えば……そろそろ限界でした（笑）。「子離れも必要だよね」、なんて少し言い訳しながら、仕事をしたいなと思い始めたのです。

自転車でいつもは通らない道を走って発見した、絵本屋のアルバイト募集の張り紙。

予定がない人

予定がない人は、まわりの人の暮らしを調整する役割を果たせます。

自分の直感を信じて一歩踏み出す勇気は、どんなときでも必要です。目にすること、耳にすることは、必ず何かにつながる大きなヒントです。

たくさんの情報の中から何を取り出すのか、やはり自分を磨くしかないでしょう。「どうやったらアンテナを磨き、直感を信じられるのか、自分にはよく分からなくて」と聞かれたことがあります。でもたとえば、どこかでお昼ごはんを食べようかと、お店を探すとします。外から中のことはよく分からないけど、きりりと掃除が行き届いた店構えや、センスが感じられるおしゃれな造りだったら、かなり期待できると思いませんか。

自分の経験値から、判断する基準は誰もがそれぞれ持っていると思うんです。ホームページひとつとっても、伝えたいことがスッキリと分かりやすいものは、取り寄せてみても間違いない。「カーリンはいろいろ取り寄せているけれど、失敗が少ないですよね」と言われるのも、良さそう、美味しそうの勘が当たっているからだと思います。失敗もあるけれど引きずらない。失敗もいい勉強になったと、経験の引き出しに入れておきます。「人よりも、アンテナが高いんじゃないか」と言われたりすることもありますが、「そうかもね」と思うくらいです。

大きなヒント

チャンネルを開いていると、何気ないことが大きなメッセージになることも。

メールで送った質問に、すぐ返事があったらうれしいですよね。それなら私も、できるだけすぐに返事をしましょう。展らん会依頼のお返事を待つドキドキ……知っているからこそ、取材なんかのお願いごとのメールが来たら、「なる早」で返します。されてうれしかった、こうして欲しかった、そういうことを感じるならば、まずは自分からやってみればいいと思います。ぐずぐず優柔不断な人のままでいいなら、それはそれで構わないけど。

私は「ああすれば良かった」「こうすれば良かった」と思う人生よりは、「やり切ったなあ」って思いたい。「失敗して格好悪くても、いい思い出になるときが必ず来るんだよね」と思っています。

仕事を支える、友人たちの手作り弁当

（K）

私たちの毎日を支えているのは、間違いなく「食事」です。どんな仕事も、どんな暮らしも、まずは美味しい食事からと信じています。何てことないごはんとお味噌汁、野菜や魚にちょっぴりのお肉。私にとっては、家のごはんがしみじみ美味しいことが何よりのごちそうで、しあわせです。納豆だって、好きな銘柄の新鮮なもの。大根おろしやねぎ、生卵入りも美味しいですね。おにぎりだって、海苔は特上、梅干しやしゃけや昆布も、お取り寄せした大好きな具でにぎります。そんなわけですから、朝昼晩と、頭の中はごはんのことばっかり。

特別に食いしん坊なわけではありませんが、「仕方なく」とか「何もないから」と、いい加減にいい加減なものを食べるくらいなら、「食べないほうがいい」と思ってしまうので、そうならないためには次のごはん、明日のごはんと、考えずにはいられないのです。

さてここで問題なのは、ギャラリーの展らん会期中のお昼ごはん。最初はお弁当を作ってみたけれど、私が作れるのは3個まで。それ以上作るとなると、展らん会に全力投

いい加減なもの

今食べているものが、10年後の自分をつくります。

右が「南風食堂」三原寛子さん、左が「たまちゃん」ことたくまたまえさんのお弁当。味わいはもちろん、彩りや食感、季節感の取り入れ方など、細やかな部分に愛情を感じられます。

球できないと実感しました。

そう、そこで、私にひとつ自慢できることがあるとすれば、「美味しいものを作る人」を引き寄せる力があることでしょうか。ちょうど世の中的にも、ケータリングを始める女性たちが増え始めてきた頃なのも、いいタイミングでした。

美味しいお弁当を作ってくれる何人かとの出会いで、ギャラリーのお昼ごはんが本当に充実しました。すぐにいただく料理とは違い、食べる時間もまちまち、時間が経って冷めても美味しい、お弁当の世界。四角や丸の限られたスペースに、バランスよくおかずとごはんを詰めるのは、技と工夫が必要です。彼女たちのそれぞれ愛情あふれるお弁当に、本当に助けられています。

最近では「温かいごはんがいい」というターセンのリクエストに応えて、炊飯器を常備することにしました。冬の寒い時期は、温かいものがうれしいですね。そんなときはおかずセットをお願いします。そんな風に、展らん会前にお弁当スケジュールを考えるのは、私の大事な仕事のひとつ。作家さんにもお腹を満たして笑顔で在廊してほしいので、美味しいお昼ごはんは腕の見せどころです。

お弁当に助けられる

緊張するとき、疲れたとき、ていねいな仕事に元気をもらいます。

「フェブで展らん会をやると、美味しいお昼ごはんが食べられる」、そんな評判は大歓迎。こっそりですが「美味しい」と「楽しい」「うれしい」で、世界平和を目指しています。

一品一品の完成度が高く美しい、後藤しおりさんのお弁当。
ふたを開けたとき、いつも新鮮な驚きがあります。

6　お金と仕事のバランスを考える

しあわせの優先順位を考え、仕事と収入、支出のバランスを考えましょう。ソロバンをはじくことは大切だけど、予定通りにいかないのも人生。お金をいちばんの目的にする時代があっても、執着してふりまわされないように。

7　机の上も頭の中も、整理整頓

家や部屋の状態は、自分の頭の中と同じ。整理されていると探しものがパッと見つかりやすく、仕事のアイデアやヒントも見逃さなくなります。不用品を整理・処分すれば頭もクリアに、身体も軽くなります。

8　「あとで」をやめる

あとから「ああすれば良かった」「こうすれば良かった」と思うよりは、そのときやれることを全部やる。大きなことも小さなことも、あとまわしにしないと、直感力が冴え、いろんな機を逃さなくなります。

9　アンテナを磨く、直感を信じる

山のようにあふれる情報の中から、何を選び、何を実践するか、それが仕事を左右します。人任せにせず、自分なりの判断基準をきちんと持つことが、アンテナを磨き、直感を信じる訓練に。

10　美味しく食べて、元気に働く

しっかり働くためには、美味しい食事が必須。食べることをおろそかにせず、ていねいに作られたものを口にし続けることで、いい仕事につながります。

二人の10か条　仕事編

1　「みんながしあわせになる仕事」なのか、自問自答

自分のひとりよがりではなく、お客さまや仕事相手、仲間たちすべてがしあわせになる仕事なのか、じっくり考える。誰かに無理を強いるような仕事は、長くは続きません。

2　自分がどうなりたいか、とことん考える

ただ漠然と目の前のことをこなすのではなく、この先どうなりたいかを考えます。「ビジョン（たどり着くべき未来）」「ミッション（何のためにやるのか）」「ゴール（具体的な目標）」「ストラテジー（戦略）」を定期的に見直すように。

3　石の上にも三年

すぐに結果を求めず、まずは3年続けてみましょう。続けるからこそ改善や軌道修正、試行錯誤が生まれ、その経験は、その後のどんな仕事にも役立つと思います。

4　楽しい仲間と仕事をする

同じ仕事をしていても、苦しそうな顔、不機嫌な顔でするのと、笑顔でするのでは、結果は大違い。お互いが笑顔になれるような、楽しい仲間と仕事をしましょう。自分自身も、相手を笑顔にできる仕事をしましょう。

5　出し惜しみをしない

自分の持っている力を、出し惜しみせず、出し切りましょう。やり切った仕事は清々しく、その熱がまわりにも伝わります。力を出し切ると、また新しいパワーがチャージされます。

CHAPTER

3 暮らし

暮らしには常に
アップデートが必要。
工夫し、変化を楽しむこと。
しなやかさを大切に。

夫を生活者に育てる

（K）

水晶玉子さんのオリエンタル占星術では、27宿のうち、私の奎宿《けい》は最も結婚運がいいそうです。「ふむふむ、それはそうだろう」とターセンがうなずいています。占いは、傾向と対策の参考になるので、ラッキーなポイントだけを記憶することにしています。

結婚生活の前半は、こんなに家事を積極的にやってもらえる日が来るなんて、砂粒ほどの気配すら感じることはありませんでした。何せターセンは「男子厨房に入るべからず」の世代ですから。それが今や協力を飛び越して、積極的ですらあります。

そうはいっても本格的に協力してやってくれるようになったのは、会社を辞めてからのこと。それまでも「自分の食べたいものを、食べたいときに作れたら楽しいよ」とか、「奥さんが入院したりして困り果てるご主人って、大変そうだね」などなど、やんわり話しておりました。

結婚の数年前に、「私作る人、僕食べる人」なんてCMが、そろそろ物議を醸し始めた時代です。結婚が早かった私は、ある意味で自立しないまま扶養家族になった後ろめたさみたいなものがあり、けんかして「もう限界、離婚だ」と息巻いたところで、経済的な不安に押しつぶされて、そっと怒りを吹き消すのが常でした。今にして思えば、それが良かったとも考えることができます。何とか気持ちを切り替えて、暮らしを継続させる努力は、お互い本当に大切なことなんです。

そういう中で私は、もっと自分のしていることに自信を持とうと思いました。「夫が気持ちよく安心して働けるのは、私が支えているからだ」ってね。「僕が稼いだお金だ」と思っている男性が多かった時代、「私が、私たち家族が、それに協力している」という意識を持つようにしたことは、大事なターニングポイントでした。

「いろいろ文句を言うけれど、立場が逆転したとして、僕ほど稼ぐことができるのか！」と言われたら、勝ち目はありません。でももともと、家庭とはそういった力関係で語れるものではないんじゃないかと思ったんです。「私たちのおかげだよ」と言ったところで、「何を言っているんだ？？？」というような彼でしたから、胸のうちで自信を持てばいいことなのかもと思い、「じゃあ、あなたのその仕事が、世のため、人のためになるの？」と尋ねて、違った角度から心の中で自分なりのバランスを取っていたように思います。

暮らしを継続させる努力

親になる、年を取る。暮らしには変化がつきもの、変化には努力が欠かせません。

時間ができたリタイア後、負けず嫌いなターセンは、「ふんふん、それじゃあ家事というものをやってみようか」と思ってくれたようです。でも私はそこで、「家事は私の方ができる」という態度を出すようなことはしませんでした。こと家事に関しては、同じフィールドで戦う意識でいると、夫婦関係の継続は難しいかもしれません。

男性だって家事をやり出したら結構できるし、面白い。そんなくり返しで今があります。気が付いたら、立派な暮らし人になっていました。先日もターセンが旅行で不在の数日、朝の家事がなかなか終わらなくて、いつもの時間に出かけられなくてびっくりしました。「ターセンいないし、ごはん食べにいらっしゃい」と娘夫婦を呼んだものの、準備の段階で何だかヘトヘトになる始末。日頃どれだけ助けてもらっているか、身をもって思い知らされたというわけです。

何しろ決めたら、やり抜く人です。「今日はさぼりたいな」、なんてことは、まったくありません。食後だってもう少しのんびりしたいけど、テキパキお皿を下げられるのは毎日のこと。「来客のときくらい、ゆっくりおしゃべりしましょうよ」と思うけど、「僕のことは気にせずゆっくりしてください」と、皿洗いが始まります。出産後、家で過ご

戦わない意識

家事には成果主義を持ち込まないことが大事。

していた娘にも、「お父さんのことを目で追うと、目が回る」と言われていましたっけ。私たち二人に共通する性格でもありますが、働く時間はしっかり働いて、夕飯を片付けたらスイッチオフ。それを目指して、とにかく目の前のことを片付け続けます。

「どうしたら、うちの夫も家事ができるようになりますか？」と質問を受けるのですが、振り返って思うに、大事なポイントは任せたら文句を言わないこと。食器を洗ったあとのシンクまわりが驚くほどびちゃびちゃでも、大事な器が割れてしまっても、長期計画の実現に向けて、ぐっと我慢です。

「やっぱり家事には向いてないなあ」なんて、弱気で後ろ向きになる夫の苦手意識を払拭するためにも、「やっぱり力があるからきれいになるわ」とか、「割れちゃって残念だけど、気になってた新しい器が買えるね」なんてフォローしたり。どんな人も、やり続けていたら絶対上達するのが家事のいいところ。扱いが少しやさしく、慎重になったとたん、びちゃびちゃも破損も解消されました。初心者なんだから、とにかくほめて育てる。そしてやってみると得意不得意が分かってくるから、得意なことをお互い分担するようにします。

ほめて育てる

男は誰でも本質的にどこか、母から妻から、ほめられたい。

料理だって、パスタや居酒屋メニューは、断然男子の得意分野。「そろそろターセンのパエリア食べたいな」、「みんなが来るから食べてもらいましょう」ってね。虫の居どころが悪いときは「今日はおでんだよ」と、好きな献立で機嫌を取ります。食べ物の力はすごいですね。

そうすると、ギャラリーから帰ってきたらごはんが炊けていて、しっかりお出汁を取って作った美味しいお味噌汁ができている、夢のようなことが起こるんです。さあ、あきらめないで、夫の潜在能力を引き出しましょう。

お風呂に入ったあとに使ったタオルで、バスルームの水けを拭き上げると水垢やカビの防止に。タオルはそのまま洗濯へ。

身近な先輩に学ぼう

（K）

「私たちは所詮、宇宙に放り出された魂なのよ」、だからさみしくて当たり前。家を整えることや、家族のごはんを考えるだけで精一杯の日々の中で、何者にもなれない焦りと不安を抱えていた頃に、さらりと大センパイに言われました。

聞いた当初は「何て孤独でさびしい考え方だろう」と反発する気持ちもありましたが、今ならその意味が分かります。生まれるときも死ぬときも、一人と言えば一人です。でもだからこそ、人を愛することや、友人たちとつながることを学ぶんじゃないでしょうか。けれども「他者に認めてほしい」ということをいちばんに生きている限り、その欲求に終わりはなく、満たされることはありません。しっかり自分を認めて愛すること、「どんな自分でも大丈夫なんだ」と思えるようになることが大切なんだと、その言葉から学びました。自分だけでぐるぐる悩んでいたことが、とびきり素敵な先輩たちのひと言で、パァーッと霧が晴れるように解決することがあります。

ギャラリーという場所をつくったことで、多くの憧れていた先輩たちに会うことができました。料理家の有元葉子さん、「たくさんレシピを作ってきたけど、レシピに頼りすぎず、ご自分の五感を信じてね」の言葉に、思わず背筋をしゃんと伸ばしました。歌謡界の大スターを育てた、キャリアウーマンの経歴をまったく感じさせない金塚晴子さんは、その後和菓子の先生に。ベージュのワントーンコーディネートを、「大豆色よ」なんておっしゃるとてもキュートな方。ご自身のキャリアや武勇伝をひけらかすこともなく、いつお会いしても、うふふと素敵な笑顔。「あの人はすごかった」と、まわりの方からそんなエピソードを聞くたびに、「私はこんなにすごいのよ」と語らない人こそが本物で、本当に格好良いなと、わが身を恥じる思いなのです。

青山で「ランジュパース」という洋服とアンティークのお店をされているオリーブこと田中靖子さんや、都立大で「Ｈｉｂｕｓｕｍａ」という飲茶のお店をされている庄司かずえさんには、ギャラリーそばのお花屋さん「4ひきのねこ」で出会いました。私はこのお店で本当にたくさんのことを教わりました。店主の河田悠三さんは、寺山修司の「天井桟敷」の舞台美術を担当していて、海外公演の際の武勇伝はなかなかスリル満点のお話ばかり。個性あふれるご近所や友人たちは、若輩の私にとってワクワクドキドキ、

4ひきのねこ

花屋「4ひきのねこ」や輸入玩具店「ニキティキ」は、私たちの灯台です。

憧れる方がたくさんいました。

その頃オリーブさんは吉祥寺の「紀ノ国屋」裏でお店をされていて、店内にはリネンのクロスやカフェオレボウル、美しいもの、かわいいものが、たくさん並んでいました。タルトタタンやカヌレなど、見たことも食べたこともなかった時代、最初に教えてくれたのもオリーブさん。長くお店に通ううちに、ロンドンやパリに住んでいた頃、今で言うケータリングのようなことをしていた時代もあり、天ぷらを100人分とか、貴族のリネン部屋の話とかを伺い、これまた武勇伝の数々でした。実はこの文章の冒頭の言葉は、オリーブさんが言われたこと。真に自立された人だからこそ、発せられた言葉です。

庄司さんは、ウインドウディスプレイのお仕事をされていましたが、「ダンディゾン」と同じ2003年に、いつかやりたいと思っていた飲茶のお店を開かれました。今でも毎日閉店後、床を拭き上げていると友人から聞いてびっくり。でもそれほど大切にしているお店の空気は、お客さまに必ず伝わるものなんです。

実はオリーブさんには、ビルを建てたときに「ここでお店をやりませんか」とお誘い

自立した人

孤独を受け入れられる人は、真の意味でやさしいです。

着たい服を着て、言いたいことを言う、簡単そうだけど、すごく難しいこと。そこに必要なのはユーモアと覚悟。チャーミングな先輩を見習います。

しました。しばらくしてからのお返事は、「大事に思っていた木を切ってしまった場所だから、そこでお店はやれないわ」とのこと。またしても最初はびっくりしましたが、そう言ってくださったおかげで、「いい場所にして、たくさんの人に喜んでもらえることをやろう」と、私たちの気持ちもいっそう強いものになったのですから、本当に感謝です。

先日も「何だか世の中がちっとも良くならない。それどころかどんどん悪くなってる」なんてお電話で弱音を吐いたら、「本当にそうね。でもやれることをやっていきましょう。大丈夫よ」と励まされました。「いつかこうなりたい」と思える先輩がそばにいてくれるのは、日々暮らしていく上で、本当に心強いことです。いくつになっても暮らしやおしゃれを楽しむこと、やわらかい頭でいること。先輩として後輩たちを育てていくのを意識すること。嫌われるかもしれないけれど、言うべきことは言うこと。

先日もガラス作家のイイノナホさんが、「美は遠くにあるものだから、自分から近付こうと思わなければ手に入らない」と語っていました。年齢に関係なく、お手本にしたい他者がいてくれることはしあわせなことです。美しい言葉や仕草、生き方や考え方、それらを「しっかり学んでらっしゃい！」と、愛情たっぷりに私たちは宇宙に放り出されたのだと、この人生を生き抜く意味を実感しています。

やわらかい頭

「絶対」という言葉を使わないようにしてみる。

小さな工夫、新たな発見

（K）

小さい頃「かおりはまゆ毛が薄いから、家族の縁が薄い」と言われました。大人たちの何気ない言動は、子ども心を傷つけます。確かに、20歳で結婚して海外や東京暮らし、実家の福岡を離れているわけですから、両親にとっては縁の薄い子どもでしたね。

自分の家庭を大切に育み、娘や息子も結婚して、孫もできた今、げじげじまゆには遠くとも、まゆ頭は結構ふさふさのまろ系まゆ毛になりましたが、それでもふりかけられた呪縛からは逃れられず、「まゆ毛を育てる美容液」なんて聞くと、買わずにはいられません。育て育て、私のまゆ毛！　人相だって手相だって、変わるのだ。「これが現実」と受け入れるのも大切なことですが、どんどん進化している美容業界、楽しんで取り入れることもやっています。

客観的な意見をくれるヘアメイクの友人たちも大事な存在。父からの遺伝だと思いますが、白髪染め未体験の私でも、真上から頭を見る美容師・くじらちゃん（あだ名です）にときどき「カーリン、切っときましょうか？」と言われます。

マスカラも本当に進化していて、ビューラーいらずになるタンパク質入りの美容液を毎日使っていると、本当に持ち上がる。しかも汗や水には強いけど、お湯で落ちるので強いリムーバーも必要なし。最近は「素敵だな」と思う人たちが、インスタグラムなどSNSで、使って良かったものを惜しみなく紹介してくれるので、本当に楽しくてありがたい。「しわやしみを隠すより、ハリとツヤです！」と教えてくれたおしゃれスタイリストさんの言葉を励みに、オイルをたっぷり浸透させて、くすまない努力あるのみです。面倒くさいことは続きませんが、お風呂であったまる時間とか、夜寝る前でいいからベッドサイドで、と工夫します。

撮られた写真を見て、思わずため息が出るときも、横で写るターセンはとびっきりの笑顔。「僕も年取ったなあ」と彼からもため息は出てるけど、何の何の、笑顔がカバーしてくれています。本当にいいお手本。笑顔だって、練習すれば身に付きます。家のいろんな鏡を見ては一人でニッコリ。笑っていると脳もハッピーになるとか、笑えるネタを探す前に笑っちゃう心意気で暮らしてます。

女の人はちょっとした買い物や少しの変化で、気分が高揚しますよね。必需品のひと

くすまない努力

化粧水もオイルもクリームも、常にたっぷりと塗ってみるといいですよ。

つ、老眼鏡も楽しむことに決めました。好きな形は、少し目尻が上がっていて細身のざ〜ます型です。フレームも流行があるので、気に入ったものを見つけたら複数買っておきます。自宅にひとつ、事務所にひとつ、持ち歩き用にもひとつです。シニアグラスはかけたり、外したり、頭の上に乗っけたり。その仕草がスムーズなのも、選ぶときの大事なポイント。そのつど髪が引っかかるなんて、ストレスですから。

お財布もよく買い換えます。いろいろ使ってみたいと思いつつ、形はやっぱり長財布。支払うお金が折りたたんである様がどうしても美しくないなと思ってしまうので、コンパクトな形はかわいいけれど、選ぶことはありません。これから本当に、キャッシュレスの時代になるのかしら……お金と暮らしの関係もどんどん変化しそうですね。やわらか頭で時代の変化を上手く自分流に取り入れて、気分良く快適に、暮らしていきたいなと思っています。

「バルミューダ」の電子レンジは、お知らせ音がジャカジャーンって愉快なギター音。最初は「えっ」と思ったけれど、これが楽しい。そしたら友人も「あれいいよね」って。そう、そういうちょっとした「お楽しみ」が、ぐ〜んと暮らしを楽しくしてくれるんです。

バルミューダ

社長さんは元ミュージシャン。家電こそ気軽に「良さそう」を更新します。

暮らしって、やっぱり楽しまなきゃ。楽しむには、小さな工夫と発見のくり返し。

お金がない若い頃、子育てでいっぱいいっぱいだった時代、気分が上向かない身体の変換期、いろんな時代があったけれど、その先に、自分を大切にできる余裕のある暮らしがやってくるのだと、あの頃の自分に言ってあげたい。

今日もギャラリーで、年配のお客さまに「あなたたちが出演していたテレビを見て、暮らしを楽しんでいいんだって、初めて思ったのよ。大変だとばかり思っていたけど。だからこれからは好きなことをやるの」と言っていただきました。「こうでなければ」という枷を外せるのは、自分だけ。「私なんか」「もう年だから」なんて思わずに、自分を大事に大切にしていいと思います。カサカサの肌にたっぷりクリームを塗るように、心や気持ちにも、たっぷりの栄養を。

右上／ヘアメイクさんのアドバイスを受け、アップデートしたカーリンのメイク道具。「トム フォード」の口紅、「シャネル」のフェイスパウダーに感動！　左上／小銭が取り出しやすい「HIROKO HAYASHI」の財布と、「スタイルクラフト」の財布。左下／美容師・くじらちゃんおすすめの「リファグレイス」のヘッドスパで、頭皮をしっかりマッサージ。

右上／ハンドクリームは「イソップ」や「THREE」、リップクリームは「HACCI」や「MiMC」など、いろいろ試します。ボディ用ですが「シスレー」の「オードゥカンパーニュ ボディローション」は、手につけていると、「どこのですか？」とよく聞かれます。左下／ターセンが退職後、勢いで買ったべっこうのフレーム、私がもらって使っています。

左右が吊り上がった「ざ〜ます型」は、顔まわりにシャープさが出るので、中高年にはおすすめだと思っています。

人と違って大丈夫

（T）

ある日、ギャラリーに来た小さな子どものお客さまがポツリとひと言、「大人は笑いすぎ」って。大人たちの愛想笑いを見透かされているようで、ドキリとした。

そういえば僕も、「すみません」と簡単に、いや枕詞のように使う人のことが気になって仕方がない。「何がすみませんなんだ？」と、聞き返しちゃう。たいていは、癖みたいに身に付いていて、何も考えずに言ってしまっている。いったいいつから笑ってごまかしたり、すみませんと言うのが会話の導入になったりしたんだろう。少し大げさかもしれないけれど、「嫌われたくない」「変な人だと思われたくない」から、どんどん自分をごまかしてしまっているんじゃないか、そんなことを考えさせられるひと言でした。

ずっと僕は、人と違うこと、「どうやったらみんなと同じじゃなくなるか」を、第一に考えて生きてきた。中学時代、図書室の本を全部読みたくて図書部員になったんだけど、本を読めば読むほど、「大勢に紛れてしまうのは嫌だ」と確信した。みんなが同じほうを向いて、同じ何かを無心に目指すことが、恐ろしいとさえ感じていた。「紛れてしまえる

嫌われたくない

岸見一郎・古賀史健さん著『嫌われる勇気』（ダイヤモンド社）は必読。

ことがラッキー」という友人もいたけれど、「いかに目立つか」という工夫も、もしかしたら生き抜く術だったかもしれません。何せ団塊の世代、小学校時代、ひとクラス70人、それが11クラス（！）もあったからね。「みんなはそう言うけど、本当にそうだろうか」と疑い、考えるタイプだったんです。

布のグローブで野球遊びをする小学生時代、近くのアメリカンスクールで捨て置かれた革のグローブを拾い集めて、外国人の校長先生に「一緒に野球をやらせてほしい」って直談判したこともあった。大学時代は学生運動真っ盛り、学生同士で闘っていたけれど、自分のリベラルな考えは曲げなかった。成人式？　もちろん出ていません。会社に入っても有給を全部使って、最初から週休二日にしていた。外資系の会社は能力主義だから、やることをやれば認めてくれました。風当たりも強いけど、自分がしたいことをつらぬいていたから、ストレスはありません。それに「ちょっと変わった奴」というので、仕事相手にも覚えてもらえるし、気に入られることも多かった。「最小の努力で最大の成果を上げる」を目標に掲げ、だらだらズルズル残業することもなかったな。

結婚したカーリンも、ホンネとタテマエがある女系家族に辟易して育ってきたので、

上／わが家のお正月飾りは毎年使える「嘉門工藝」のものに。ポチ袋だけは毎年早めに用意します。下／ここ数年、年越しはラーメン。「奈良屋」の「奥会津生中華麺」はおすすめです。

何とか表裏のない自分になりたいと努力する人だった。やりたいことをやる、言いたいことを言う、簡単そうで、これがなかなか難しい。さじ加減を間違えると、空気が読めない困った人になりそうだ。でも空気ばっかり読んでると、自分の人生なのにつまらなくならないかな。つじつま合わせの人生でいいんだろうか。

暮らしに関しても、雑誌やテレビでいかにも「これが正解」ということが紹介されていたりするけれど、わが家は引田家流をつらぬいていることが多い。

人生後半、年末年始の大騒ぎに巻き込まれるのもやめました。たいていのスーパーや百貨店は1月2日から営業しているし、「おせちが好きか？」と聞かれたらそうでもない。いつも通り普通に過ごす、ここ5年、本当に快適な年末年始です。冠婚葬祭もほとんど欠席。会いたい人には思い立ったら連絡して会いに行くし、電話もします。日頃の付き合いを最重要視して、付き合いのための付き合いをしない。

生き方も、働き方も、性別も、結婚のあり方も、多様な時代になった。でも最近、「人間力は落ちてきているんじゃないか？」と感じることがたくさんあります。自分の意見を言えない、人と議論できない若者たち。会社に入っても、電話に出られない社会人。

空気ばっかり読む

「人がやるから、私もやる」は、できるだけ早く卒業しましょう。

ちょっとのことで簡単に心が折れたと、引きこもってしまう話もよく聞く。

子どもを育てている、お父さんやお母さん、どうぞ「人と違って大丈夫、あなたはどうしたいの？」と聞いてあげてください。「お父さんやお母さんが喜ぶ」「先生にほめられる」、そのことが決して、人生のいちばんの目的ではないはずです。みんなが自分自身を見失わずに、他者を認めて共存できる社会、いやまず、家族。それこそが平和への、第一歩なんじゃないかな。

「変人になりなさい」と言っているわけじゃないよ。とことん自分と向き合って、深く考える練習をすること。自分の考えをしっかり持つこと。そういう自分のことを、まわりにも受け入れてもらう努力をしてほしいと思う。

相手の立場に立てる寛容さこそが、大人ということなんじゃないかな。異分子をはじくのではなく、共存する。もちろん僕も、子育て時代には面食らうこともたくさんあった。けれど今、家族の誰もが会社員じゃなく、インディペンデントな道を進んでいることを、心から面白いなと思っています。人と違うということを目標にするのではなく、「同じじゃなくてもいいんだ」と、自分にＯＫを出せること。自分の考えや行動で生きて

異分子と共存

自分のことを知るために、「自分とは違う人」がいてくれます。

いくのは、それなりの覚悟や勇気が必要です。でもしっかり考え、悩んで決めたことが、たとえまわりと同じじゃなくても、振り返ったときに、後悔しない人生という喜びに到達することができるんじゃないかと思います。

クリスマスはイブラヒム恵美子さんのガラス絵、ひな祭りは中西なちおさん「トラネコボンボン」の絵を飾るだけ。絵1枚だけだから、飾るのもしまうのもすごくラクチンです。

いつでも人を呼べる家

（K）

「おうち片付いていますね」とは、ギャラリーに来たお客さまによく言われること。雑誌などに掲載された写真を見てくださって、声をかけてくださるのはうれしいことです。忙しかったり、孫が来たりで、もちろん散らかっていることもありますが、「片付いている風」に見える工夫は、得意かもしれませんね。

スッキリさせるところと、ごちゃごちゃしていても仕方がないところをおおまかに分けるといいと思います。見せる収納だと、ほこりがたまったり、気が付くと雑然としたりしてしまいますが、収納を引き出しとか扉の付いているものにすると、とりあえずスッキリ見えます。中をかごやショッピングバッグ、箱などを使ってざっくりと分別しておけば、「よし片付けるぞ」という気持ちも起きやすいのではないかしら。

それでも長い付き合いの友人が来ると、「片付きすぎてて、落ち着かない」「こういう家には住めないわあ」と言われたりしますから、心地いい家は人それぞれ。

ギャラリーのそばに引っ越してからは、以前にも増して来客が増えました。駅から近いこともあり、他の用事で吉祥寺に来た友人知人が、気軽にピンポンしてくれます。「時間があったらお茶でもどうぞ」とお誘いすると、「自分のうちは、突然来たお客さまに上がっていただけない」、と驚かれたりします。それは私には、とっても残念。せっかく寄ってくれたのに、お茶の一杯くらいご一緒したい、時間が許せば、あるものでごはんも一緒に食べたいところ。格好つけてるわけじゃなく、片付いているほうが私たちには休まるし、快適だからそうしているだけのこと。いつもだいたいそうだから、どうぞどうぞとお招きしています。ギャラリーにいると、「ここに来ると、何だか元気になる」と言っていただくことがあります。何とうれしいことでしょう。せっせとあちこちを拭き掃除しているうちに、もしかしたら空気が澄んできて、気持ちのいい場所になっているのかもしれない。同じように家も、自分たちだけでなく訪ねてきてくれた人にも気持ちよく過ごしてもらえる場所にしたい。

今の家に引っ越す前から、人をお招きするのは好きでした。外食もいいけれど、大きな声でプライベートな話題は慎まなくてはいけません。その点、自宅は気楽です。子どもが小さい頃は、みんなじっとしてなんかいられないから、「うちでごはん食べましょ

お茶でもどうぞ

「散らかってるからダメ」より、「散らかってるけど、どうぞ」のほうがうれしい。

う」とよくお誘いしていました。

今は娘夫婦と二世帯住宅ということもあり、自分たちの友人を飛び越して、彼らの友人も遊びに来てくれます。引っ越しやリフォームを考えている人たちは、いろんな家を見て参考にしたいから興味津々。寝室もお風呂場もクローゼットだって、どうぞどうぞ見てください。「取り入れられる工夫がたくさんありますよ」と案内しています。

人が訪ねてくれるって、楽しいです。夫婦二人だけだとどうしても会話も決まりきってきて、変化に乏しくなりがち。けれど外からの新しい風が吹くと、刺激や感動することがいっぱいあって、二人でよく笑います。そうすると家も明るくなって、喜んでいるのが分かるんです。「ちょっと寄って話がしたい」「顔だけでも見て帰りたい」、そう思ってくださらないと、あえて寄ろうなんて思いませんよね。そういう意味でも、みんなが立ち寄りたい家になっていることが、本当にうれしいです。

ターセンの意見で、門も門柱も取り払った家は、本当にオープンになりました。植栽も育って、春いちばんに咲く河津桜を楽しみにしてくださっているご近所さんもいるようです。私はもともと石垣や高い塀が好きで、最初はその提案にびっくりしましたが、

人薬

気持ちのいい人は、そばにいたり、話しているだけで元気になります。

何のことはない、自分も出入りしやすいし、近隣の目が届くので、安全面でもいいことばかり。誰にも迷惑をかけたくない、かたくなだった自分の性格もどんどんほぐれて、人と地域とつながることで地に足がついて、人生に深みさえ出た感じ。いつでも人を受け入れられるって、すごいことかもしれません。

友人が「薬には三つあるんだ」と教えてくれました。お医者さまが出す薬はもちろん、時薬《ときぐすり》と人薬《ひとぐすり》。人と会う、人と話す、そうしているうちにどんどん元気になる経験を重ねて、人が訪ねてくれることに、なおいっそう感謝している毎日です。

年末年始、息子家族と娘家族が集まると、食卓を使って卓球大会がスタート。ゲームをすると、家族で大盛り上がり。

風が通る暮らし

（K）

先日「手をかける家事と手を抜く家事」という雑誌の取材を受けました。取材は自分のことを見直したり、考えをまとめたりする、素晴らしいきっかけです。

わが家は毎日掃除機をかけたりしていません。「そろそろかなあ」って思うときに、強力パワーの「ダイソン」が登場。それまでは気になるところ、玄関や台所、洗面所を充電式の「マキタ」のハンディクリーナーでささっと掃除。

ときどきプロの掃除をお願いするダスキンさんに、「よごれが付きにくい素材はよごれが落ちにくく、よごれやすい素材は掃除が簡単」と教えてもらいました。キッチンや洗面所は、よごれが目立ったほうが、小まめに掃除をするからおすすめです。家の中は、水まわり以外はほぼ絨毯を敷き詰めていて、よごれが目立ちません。けれどキッチンはPタイル、よごれが本当に目立つ。いつの間にか、ふわっと角にいる綿ぼこり。「人が動く、暮らすということは、こうしてほこりやしみができるんだなあ」と改めて感心します。きゅっと絞った雑巾やキッチンペーパーで拭き上げたときの爽快感、大げさかもしれないけど、空気が変わります。この感じ、感覚が気持ちいいので、拭き掃除は大好きです。

悪いものが寄り付かないよう、「結界を張るにはどうしたらいいんですか？」とよく聞かれますが、拭き掃除、拭き上げるのがいちばんだと思います。ゴミが落ちていないきれいな道路に、ポイ捨てはしにくいはず。小さなことかもしれませんが、きれいな場所には魔物も近寄りがたい、そんな感覚です。

インテリアの模様替えは、掃除の機会にも、気分転換にもなって一挙両得。動かした大物家具の下には掃除し切れていないほこり、壁にはカビ発見、なんてね。ベッドはヘッドボードなしなら、気楽に頭の位置を変えられます。夏には気持ちのいい窓側も、冬は冷気が感じられますから。お陽さまの位置も季節で変化するんですもの、テーブルやソファの場所移動は必要です。模様替えするたびに「今まででいちばんいい」って、ターセンがほめてくれるのが面白い。夏は涼しげに、冬は暖かく、模様替えをもっともっとみんな楽しんでほしいなと思っています。

自分たちの暮らしの最優先事項は、「気持ちいいこと」。快適を求めるならば、やっぱ

拭き掃除

家への感謝の気持ちが拭き掃除。家に「行ってきます」「ただいま」の挨拶も。

り拭き掃除と模様替えは必須です。何となくどよ〜んとしているあの場所、ごちゃごちゃしてきたあの場所をスッキリさせて、よごれを拭いたら、ああ、なんて清々しい空気、風が流れているよう。朝起きて、外出して帰宅して、「ああ、いい家だなあ」って、両手を広げて深呼吸する。手をかけ、大好きな家にすることで、自分にもどんどんパワーがチャージできることを確信しています。

仲間のいる街で暮らす

（K）

私が育った博多の実家は、スーパー「明治屋」の裏、「大丸」デパートまで徒歩5分という便利なところでした。博多は商人の街ですから、同級生たちの家も、ほとんどが商売をしていました。サラリーマンのお父さんなんていたのかしら。お母さんもお父さんの仕事を手伝っていて、今では同級生があとを継いで、2代目、3代目になっています。

東京で住まいを吉祥寺に決めたのは、われながら大正解。個人商店がたくさんあって、便利がぎゅっと詰まっているところは、まさしく地方都市そのもの、何とも言えない安心感がうれしいです。何でも揃うデパ地下やスーパーは確かに便利だけど、なかなかコミュニケーションは生まれにくい。「食べたことも見たこともない、この魚や野菜は一体何？」とか、旬のおすすめや調理方法なんかを聞くことができる個人のお店は、たくさんのことを吸収できる宝箱です。白い花を買おうって決めていても、「今日はあんまり良くないから、こっちにしたら」ってアドバイスしてくれる花屋さん。そこから思いもかけない出会いがあって、自分の知識や選択肢がどんどん広がります。さあ、どんどんご近所のお店で買い物しましょう。分からないことは臆せず聞いてみましょう。

大根一本でも花一輪でも、挨拶して、言葉を交わす。その積み重ねで、ぐ〜んと街との距離が縮まります。そして何より自分の街が好きになります。顔見知りになると、なかなか空きが出ない物件のこと、美味しいお店のこと、いい情報もたくさん入ってきます。駅へ急ぐ朝だって、開店準備中のおじさんに「おはようございます」って挨拶するだけで、一日の始まりがキラキラしてくる。いつの間にか自分が暮らしている街全体がひとつの大きな家族みたいに感じられて、自分の根っこが、しっかり根をはっている安定感が生まれます。自慢できる街に育てるのは、私たち自身なんだと思います。

福岡からサンフランシスコ、そして東京と、住むところが変化してきましたが、やっぱり東京は、人も車も多くてとってもあわただしい。出かけるたびに尋常じゃなく疲れてしまうので、どんどん遠出が億劫になって、今や半径2キロで暮らしています。

そうやって近くにあるもの、足元にあるものを大切に愛おしく思って暮らしていると、「ああ、私ってつくづく日常が好きなんだ」と確信できます。「夏休みはどちらへ？」「お正月はどのように？」と聞かれるたびに、にっこり笑い、「いつも通り、吉祥寺の家に

半径2キロ

青い鳥は、やっぱり足元にいるんじゃないかな？

おります」と、変わらず答えている次第です。

ギャラリーを始めたことで、本当にたくさんの方たちが吉祥寺を訪れてくれます。学生時代に通っていたり、若い頃に住んでいたり。すごく変わった吉祥寺に、驚いたりなつかしんだり。「ぜひまた来たいなあ」と思っていただけるように、吉祥寺の印象がいいものとして残るようにと、いつも考えをめぐらせて、仲間たちと情報を交換しています。どうぞこれ以上、家賃が高騰しませんように。実力のある若者たちが、お店を開くことができる街でありますように。

金井米穀店

お米を買いに行くのはターセンの係。いろんなお米を試したいから、2キロずつ。そのつど精米してもらうと味が違います。食感や粘り気はどのくらいか、新米はどのくらい水を減らすのか、相談しながら買い物します。ここは自家製おむすびも美味しくて、土曜日はターセンの好物のお赤飯が買えるのも楽しみのひとつ。出勤前の会社員、一人暮らしのお年寄り、プール帰りの子どもなど、みんなが目指して買いに来ています。

CHECK & STRIPE 吉祥寺店

神戸に本店がある布屋さん。吉祥寺へ出店が決まってからの、社長・在田佳代子さんのご近所への気配りは素晴らしいものでした。大正通りの仲間になって、ご近所を一緒に盛り上げたい、そんな思いが心から伝わりました。それからいくつかのイベントや展らん会をご一緒させてもらいましたが、社長の思いは会社のすみずみまで行き届き、スタッフ全員が気配り上手で働き者。感心することしきりです。

ミュージアム・オブ・ユア・ヒストリー

「グランマ ママ ドーター」と「KATO`」のお店が近所にできるらしい、うれしい予告にワクワクしました。こだわりのセレクトショップは本当に楽しいお店です。通っていれば、こちらの好みも分かってくれて、好きそうな服が入荷すれば教えてもらえたりします。「服が好きなんだなあ」と感じられるスタッフの話は毎回楽しくて、興味津々。都心へ出かけなくてもおしゃれが手に入る、貴重なお店です。

吉祥寺　ひとくさ／くろもじ珈琲

アパートの1階を改装していて、「何になるんだろう」と思っていたら、お花屋さんでした。古いガラスや器に生けられた枝ものがそれは見事で、吉祥寺にはなかったジャンルのお花屋さん。通ううちに、母体は前の家のバルコニーをお願いしていた花屋だと分かって、うれしい再会。カフェはお菓子も美味しくて、花に囲まれてお茶ができるなんて、友人曰く「パリのよう」。秘密にしておきたいけれど、やっぱりおすすめです。

アクタス・吉祥寺店

50周年を迎えるインテリアショップの老舗が、久々の路面店を吉祥寺にオープンしました。娘婿・善雄の後輩がヴィンテージ家具のバイヤーで、店長や関係者の意気込みに早い段階から触れることができました。大手の会社ですが、スタッフの方たちの熱い思いは、数字だけを追いかけている会社とは一線を画しているように感じます。「ならば一緒に盛り上がりましょう！」と、いろいろ楽しいことを企画中です。

ザ・パークサイド・ルーム

娘婿の善雄は、恵比寿にある1号店からのお付き合いだそう。吉祥寺に2店舗目を開くときに紹介されて、通うようになりました。今やめがねは、ちょっとした変身の小道具です。「キリリとした感じ」「やさしい印象」「話の分かるおじさま風」といった具合に、親切な店長さんやスタッフさんたちとフレーム選びを楽しんでいます。吉祥寺でいちばんおすすめできるめがね屋さんです。

アンテナショップ麦わら帽子

自転車通勤の頃は素通りしていたのに、引っ越ししてからのぞいてみたら、それはそれはいい品揃え。武蔵野市と、9つの友好都市（長野県安曇野市、岩手県遠野市など）の物産を販売するお店。お手頃な野菜類のほか、地元の豆腐屋、肉屋のソーセージなどが並び、今やいくつもわが家の定番品に。活気があって、働く人たちがいつも楽しそう。斜め向かいの、高知のアンテナショップ「高知屋」とともに、感謝です。

サンク

もはや「老舗」と呼べるような、ご近所の人気雑貨店。決してぶれないオーナー保里正人さん・享子さん夫妻のセレクトは、時代も国も超えて、みんなの定番となっています。吉祥寺に来てくださるお客さまたちに喜んでもらいたくて、毎年春に開催する「かご展」など、内容が近いイベントは相談して、時期を同じにしています。一緒にめぐって楽しんでもらえたらいいなと思っています。

アウトバウンド

かつて吉祥寺にあり、今は代々木上原に移転してしまった人気生活道具店「ラウンダバウト」の姉妹店。いつも素敵な展覧会はもちろん、常設展も見応えたっぷり。「『ラウンダバウト』が日記なら、『アウトバウンド』は手紙です」と、詩人のようなオーナーの小林和人さん。詩人がセレクトする、自分の世界にはないものを、いつも楽しませてもらっています。

ドラゴンミチコ

店名が「ドラゴン」なんていうから、「どんな強そうな女子が作っているのか」と思ったら、かわいい人が出てきてびっくり。ヴィーガンスイーツ（植物性食材のみを使ったお菓子）を作っているけれど、オーナーの山口道子さんは「私ヴィーガンじゃないんですよ」って。「私が作れる美味しいもの、作って人に喜ばれるものが、たまたまヴィーガンだったんです」って。そんなところも好きです。

コロモチャヤ

「いいカフェが南口にできたよ」っていろんな人から聞いたので行ってみると、期待以上に気持ちがよくて、食べ物も飲み物も美味しい素敵なお店。洋服のセレクトショップが併設されていて、季節の始まりに新作をのぞくのが楽しみです。公園の散歩帰りの人やお子さん連れのお母さんなどが、居心地のいい時間を過ごしています。フェブのそばに引っ越してきてほしい！

でんがく青果店

「幻！」といただいた貴重な果物が、さらりと普通に置いてあったりする、不思議な八百屋さん。店主のこだわりの品揃えは、近隣の料理屋からも支持を得ています。レジに持っていった野菜や果物を、「それよりこっち」と交換されることもしばしばあって、すすめられたものは間違いない味わい。無農薬のベビーリーフと塩トマト、アボカドのサラダなんて、最高に美味しいんですよ。

カフェ横尾

3人のお子さんを育て上げたあと、50代半ばでカフェをオープンさせた横尾光子さん。2016年に惜しまれつつ閉店したあとも、期間限定でお店を復活させていました（残念ながら、こちらもすでに閉店）。みっちゃんは何しろパワフル。どんなときも前を向く強い人で、カフェも服ブランド「クロロ」も、やりたいことを臆せずやる。吉祥寺に彼女がいると思うだけで勇気百倍。お手本にしたい大切な先輩です。

6　いつでも人を呼べる家に

夫婦二人や家族だけだと、どうしても変化に乏しくなりがち。友人が遊びに来てくれることで、家の中にも新しい風が吹きます。人に喜んでもらえる家は、自分たちの喜びにもつながります。

7　拭き掃除で清めよう

きゅっと絞った雑巾で、部屋の中をきれいに拭き上げると、空気が変わります。こまめに掃除をしていると、悪い気が寄り付きません。そうやってきれいにしていくと、家の中が自分だけのパワースポットになります。

8　模様替えで気分転換

インテリアの模様替えは、ついでに掃除もできて気分も変わり、一挙両得。何となくどよ〜んとした気分になったら、まず整理整頓、次に模様替え。清々しい空気になり、自然と悩みが解消されていたりします。

9　住む街をいちばんの街に

いい暮らしは家の中だけでなく、そのまわりのコミュニティがあってこそ。いい店でコミュニケーションをしながら買い物をする、元気よく挨拶を交わす、そんなことのくり返しで、自分たちの住む場所が自慢の街に育ちます。

10　快適さをあきらめない

「間に合わせでいいや」「不便だけど我慢しよう」と考えていたら、いつまで経っても理想の暮らしにはたどり着けません。自分にとっての「快適」は何かをていねいに考え、それに向けての改善・工夫を、コツコツと続けましょう。

二人の10か条　暮らし編

1　夫を生活者に育てる

これからの時代、男も女も、家事をしていくべき。「うちの夫は無理」とあきらめず、ほめて、任せて、育てましょう。やっていくうちに、得意分野が見えてくるので、得意なことを家族それぞれで分担するようにします。

2　身近な素敵な先輩に学ぶ

素敵な生活がしたいと思ったら、身近で素敵な暮らしをしている先輩に学びましょう。いくつになってもおしゃれを楽しみ、やわらかい頭でいるためには、尊敬できる身近な友人が必須です。

3　小さな工夫や新しい発見を楽しむ

ちょっとした買い物や、暮らしの少しの変化で、気分が高揚します。新しい美容法を取り入れたり、生活道具を見直したりする効果はあなどれません。いつでも好奇心いっぱいに、暮らしのディテールを楽しみましょう。

4　「私なんか」「もう年だから」は禁句

人生は楽しむためにあります。自分を大事に、大切に。「こうでなければ」という枷を外し、自分を卑下するような言葉を使うのはやめましょう。いつでも心や気持ちに、たっぷり栄養補給をしましょう。

5　みんなと同じでなくて大丈夫

暮らしは自分たちの快適優先。変に空気を読んだり、気をつかいすぎて、無理にまわりに合わせる必要はありません。同時に、周囲の多様性も認めましょう。自分の考えを持って進むことが、後悔しない人生につながります。

CHAPTER

4

健康

年を重ねるとよりいっそう
自分の身体と上手く
付き合うことが大切になります。
身体の声に耳を澄ましましょう。

僕は冷えてない

（K）

世の中から悪事がなくならないのは一体なぜでしょうか。理由はたくさんあると思いますが、ひとつには「悪いことだと思っていない」「いやむしろ良いことだ」「世のため、人のためなんだ」と信じて邁進しているということがあるんじゃないかと思うんです。戦争が良い例です。人を傷つけるのは良くないと誰もが分かっているはずなのに、「国を守る」という大義名分がまかり通ってしまうのです。

私たちが最近トレーニングでお世話になっているトレーナーの方に、「不調を治したいなら、トラブルを招いている、心や身体の歪みを直せば良いんですよ」と言われてハッとしました。何と深い言葉でしょう。考え方や癖、身体の不調、できればニコニコご機嫌で毎日を過ごしたいのに、生きていればいろんな問題が次々に起こります。「自分は間違っていない」、正しいと思いたい気持ちがあまりに強いと、考えが歪んできてしまい、心も身体も歪んでしまうらしいのです。

仕事が面白くて楽しくて仕方がない、絶好調だったターセンも振り返ると、たび重なるぎっくり腰や年末の発熱、お腹の不調と、身体は悲鳴を上げていました。でももし今、そのことにフォーカスしてしまうと、生活を改善しなければならないことが分かっているので、「大丈夫、大丈夫」と気力でカバーしていたように思います。

「冷えが万病のもと」と言われ出した頃、40代後半のターセンは血気盛んで、「冷えてるわけがない！」と断言しておりました。ところが身近な妻は、気力でカバーすることができないへなちょこ人間。元気を取り戻せるならば、藁をもすがる気持ちで何でもやる、「うんうん、確かに私冷えてます」と、ある意味分かりやすい不調です。

その横で、知らぬ間にあれやこれやの健康法を強制されるターセンも、もともとの好奇心から果敢にあれこれ試すうちに、「あれは効く」「これは効かない」と、どんどん面白がってくれるようになりました。男の人は「男であらねば」と頑張るところがありますね。弱いところを見せたくないし、見られたくない。豪快に飲んで、食べて、仕事に燃えるのが理想像です。でもここが夫婦のいいところ。お互いの考え方に、「何だかいいかもしれないぞ」と影響されていくんです。湯たんぽや使い切りカイロで温めると、腰の痛みが確かに和らぐ。「ならばお酒も、寒い時期は熱燗にしよう」ってね。

健康法

気になるものは何でも試してみよう。試したら、自分に合うかどうか分かります。

自分の「気持ちいい」に目覚めると、身体の不調も減ってくるし、何より回復が早くなる。他の手段を知っていれば、医者にもらった強い薬で胃腸を壊すこともなくなります。日頃頑張れる人は不調や病気に慣れていないので、病気になるとすごく弱気になりますから、そんなときこそチャンスです。「これやってみたら?」「これ試してみて」ってね。時間はかかりましたが、ターセンも自分から養生してくれるようになりました。

暑い暑いと汗かきな男の人ほど、実は「冷えのぼせ」で、芯が冷えていたりします。自覚がないのがいちばん怖い。何よりも気付いてくれたことがうれしいですね。生涯の伴侶と決めて、神さまに誓った大切な人なんですから、一度や二度、そっぽを向かれたくらいであきらめてはいけません。健康で元気になることなら、相手を大切に思うなら、くり返し言い続けましょう。「男も冷えているんだよ」と若い人を諭すターセンを見るたびに、気付きこそ、最大の健康法だと再確認しています。

男も冷えているんだよ

「デサント」の水沢ダウンや「パタゴニア」が開発した高機能は、本当に素晴らしい!

自然の力を借りる

（K）

身体のことについて長く考えていくと、「調和が取れている」ということが大切なのだと気付きます。仕事場や住まいなどの環境や、家族や人間関係、仕事など、バランスが悪いと病気になる気がします。

30代の頃、子どもが小学校に上がると同時に、絵本屋でアルバイトを始めました。それはお母さんだけでいることが、自分にとって調和が取れていないと感じたからです。その絵本屋で、ドイツの哲学者、シュタイナーが提唱した「人智学」と出会いました。命をどうとらえるか、病気をどう受け止めるのか。それは宇宙と呼応する、素晴らしい学問でした。病気を治すことだけでなく、なぜ病気になったのか、いいとか悪いとかではなく深く考えるということに、私には感じるものがありました。

西洋医学的な対処療法や新薬、手術がもちろん必要な場面もありますが、日頃のちょっとした不調は、漢方薬や自然療法で改善できたらいいなと思っていて、出会ったのがホメオパシーやフラワーエッセンスでした。不調を感じているのに、病院で検査しても、病名が付かないのは辛いものです。「気の持ちよう」なんて言われたりして。「何でもやってみて元気を取り戻したい」。そう思った時期に、吉祥寺にホメオパシーのサロンを開いたというホメオパスの伊藤知子さんと出会いました。数か月に一度サロンへ行き、「QX-SCIO」という測定器で今の状態を調べてもらうのは面白いです。「よく噛めていませんねえ」……確かに歯の具合が悪いのに、ぐずぐず歯医者の予約を先延ばしにしていました。夏の暑さですっかりバテバテのときも、「ビタミンB群が不足しています」と指摘され、食事やサプリメントで補うと、みるみる力が湧いてきました。

ギャラリーを始めた頃は、展らん会が終わるたびに腑抜け状態、取材を受けてもぐったり。そんなときに伊藤さんに教えていただいたのが「野菜と土のためのミネラル活性液」。植物のためのものですが、人間にも効くそうです。私は毎日の酵素シロップに10滴入れて、ターセンは疲れたと思ったときに飲んでいます。

ご縁があった「マヒナファーマシー」の中山晶子さんは、「男性のように働く女性が増えた現代、女性性を取り戻して、月の満ち欠けを意識してみませんか」と、分かりやすく自然や植物の力を解説してくださいます。

ホメオパシーのサロン

「日本ホメオパシーセンター東京吉祥寺御殿山フィリア」にお世話になっています。

「エクレクティック」のネトルのハーブサプリと「FES」のダンディライオンダイナモは、腎臓ケアに。「ホメオパシー・ジャパン」のブレッシングや「ヒーリングハーブス」のファイブフラワーレメディは心のケアに。

できれば大きな病気をせずに、年を重ねたい、ならば、過ぎたるは及ばざるが如し。食べすぎない。疲れすぎない。ターセンは、飲みすぎない。毎日二人が、健康であるよう、部屋も仕事も整えて気持ちよく、自分がつながっている街や人、そして知らない遠くの国の人やことにも思いを馳せて、調和の取れた「私」でありたいと思っています。ホメオパシーに限らず、フラワーエッセンスやアロマテラピーなど、自然界は私たちにたくさん力を貸してくれています。食べ物はもちろんのこと、自分の身体が喜ぶもので元気になるのがいちばんです。

抗菌作用の強いはちみつは、喉のケアや虫歯予防に活用します。

「マヒナファーマシー」

東京・下北沢にある、ハーブや植物を使ったセルフケアのアイテムを扱うお店です。

まさかの入院、そして手術

（K）

2012年8月、猛暑日が続く異常気象の夏。重たい荷物を電動自転車でギャラリーまで運び、「ふ～着いた」とホッとしたとたん、転んでしまいました。全部の重さを受け止めた左足首が、ぐにゃりと変な風に歪んだ記憶を忘れることはありません。痛いと感じる前に、「大変なことになったかも」「救急車で変な病院に搬送されるのは嫌だな」と、最初に思いました。

知人の整形外科に行くも、「手術が必要だ」と宣告され、日本赤十字社医療センターへ。ところが順番待ちとかで、手術は1週間後となり、簡易ギプスを付けられて自宅待機。ゴルフ場から駆けつけたターセンも、思わず苦笑い。

麻酔や抗生物質に痛み止め、あれだけ避けてきた薬を大量投与されるのか……と、気持ちも沈みました。各方面にヘルプの連絡をして、とにかくできることをやるしかない、そう覚悟を決めました。薬に関していえば、身体の外に排出できるホメオパシーのレメディがちゃんとある。それからびっくりしたり、怖かったりといった、精神面をサポートしてくれるレメディも。
「骨折なんて重病じゃないから」と、2泊3日で退院させられるスピードにもびっくりしましたが、この入院は、思い返すと良い経験だったと思います。こうして人は突然、日常生活から隔絶されるんだということを、身をもって体験できたわけですから。当然ですが、病院には病気や怪我の人がたくさんいて、でも24時間笑顔で患者さんをサポートするお医者さんや看護師さんがいること。頭では分かっていましたが、改めて感謝の気持ちが湧きあがるとともに、「元気で怪我をしないように生きたい！」と、しっかり思いました。

療養中、掃除や食事の仕度、愛犬・トトの散歩など、何から何までこなしてくれたターセン。友人たちの手助けもたくさんあって、何とかもとの生活に戻ることができました。「なぜ骨折なんかしてしまったんだろう」と落ち込むより、「自分の人生になぜ、骨折、手術、入院ということが必要だったんだろうか？」と考えるようにしました。答えはひとつじゃないけれど、起こったことをしっかり受け止めて、そこから何かをしっかり学ぼう。そういうことを考えました。

何から何まで

怪我をしたとき、「家事ができる夫に育っていて本当に良かった」と再確認しました。

その後、興味があったテルミー（温熱を利用した療法）を取り入れてみたり、ピラティスやトレーニングで痛くても動かすことの大切さ、ボルトやプレートが身体の一部だとイメージする重要性を教わったりしました。おしゃれな靴ははけなくなったけど、思いがけず「ダンスコ」という救世主が現れて、ギャラリーでもみなさんにご紹介しています。怪我や病気はできれば避けたいけれど、何とか乗り越えたその先に、素晴らしい景色が見えました。

ギャラリーでの立ち仕事や、孫を抱いて階段を上がるときなど、「ダンスコ」をはいていると、とにかく身体がラクチンです。

バランス

（K）

肩甲骨をお尻のほうに引っ張るとか、股関節から曲げるとか、エクササイズをしていると、今まで考えたこともなかった身体の動かし方を指導されます。日頃立っていれば右左どちらかに重心がかたよっているし、座っていれば足を組みたくなりますよね。身体も硬いし、学生時代に運動部でもなかった身には、柔軟性や持久力、体力と気力にも自信が持てず、年を重ねるごとに、これからどうしよう……と不安が大きくなるばかりでした。

いろいろ試しては挫折する毎日、雑誌などで「これをやったらすごく調子が良くなった！」という、人生を変えたエクササイズや健康法の記事を目にするたびにやってみるけど、私にはピンと来ません。

ピンと来ないなりに唯一続いたのが、ピラティスです。先生との会話が楽しくて、「できなくていいから、イメージしてください」とは、私にとって魔法の言葉。「やった感が欲しくて大きく動いたり、違う筋肉を使うことはやめましょう」って。しかも「身体はやわらかいより、硬いほうがいい」とおっしゃる。簡単にできてしまうことは、ある意味危険なのだとか。人生初のほめ言葉。行きつ戻りつ、三歩進んで二歩下がりながらも、細く長く続いています。

最近始めたのがパーソナルトレーニング。ここでは「ありがとうございます」とほめられました。「え、何が？」、ピラティスで基礎がちゃんとできていて、イメージもできるからとても教えやすく、飲み込みも早いんだそうです。肋骨を広げるとか、首の後ろのしわを伸ばすとか、いろいろイメージしてきたものなあ。そしてふと、それは身体のことにとどまらず、自分の人生も、「こうなりたい」とか、「いつかこうしたい」と、イメージを膨らませて、構築してきたんだということに思い当たりました。

骨折した足首には、今もプレートとボルトが入ったままです。そこに冷たい金属があるというのは事実だけど、私の身体の一部となって日常の動きを支えてくれている。「硬い」と思うのをやめて、「やわらかい」とイメージすることで、本当に不思議なくらい気にならなくなりました。先日もピラティスの先生に、「最近足首のこと言いませんね」って言われたばかり。

イメージする

身体の使い方も夢や目標の実現も、まずはイメージを持つことから。

わが家には、透明なバランスボールが転がっています。座って転がらないように気を付ければ、しっかりインナーマッスルを使えているということです。あえて不安定なところで、自分の真っすぐを探してバランスを取る。

考え方や行動も、かたよりがないほうが安定しますよね。なかなか難しいことですが、「イメージできることは、実現できる」という言葉を信じつつ、身体のケアをしながら、人生や世界平和について思いをはせているんです。

バランスボール

体幹がしっかりしてくると、心もぶれにくくなります。

人の手を借りよう

（K）

多くの人が「自分のことは自分でできるようになろう」「自立した立派な人間になって、人に迷惑をかけないようにしよう」と教育されてきたと思います。かく言う私も、人に迷惑をかけたり、お世話になるのが本当に苦手。五体満足で生まれてきたからには、世のため人のため、できることなら人の役に立つ仕事について、たくさんの人をしあわせにしたい、そう思って生きてきた人生です。

ところが実際は、誰かに助けてもらったり、迷惑をかけてしまうことばかり。ギャラリーを始めてからも、展らん会中に体調を崩したり、熱を出したり、いろんな人に助けられました。骨折したときなんて何をか言わんや、それはそれはたくさんの人に助けられました。こうなると、自己嫌悪、自己否定の連続です。「何て自分はダメダメなんだ」ってね。しかしそれは振り返ってみると、本当に大事なことを深く深く考える、大切なきっかけと時間でもあったと思います。

「人の役に立ちたい」と考えるのは、裏を返すと「誰かに必要とされる人間になりたい」

ということでもあります。誰もがみな自分自身で完結する強い人間ばかりで、お互い誰の力も必要としないとしたら、役に立ちたくても立てないじゃないかと、困ったときに手を差し伸べてもらった喜びは、ひっくり返せばお互いさま、そんな簡単なことに改めて気付かされたのです。本当にお恥ずかしい。そんな風に考えてみても、もしも、もしも、難民が突然わが家に押し寄せて、「今晩泊めてください」とピンポンされたら、泊めてあげられるほどの覚悟は……ない。何だか中途半端な私だなあ。

こういう行き場のないネガティブな思考回路の原因は、総合ホルモン検査をしてみた結果、副腎から出るDHEAホルモンの不足でした。サプリを飲んだりクリームを塗ったりすると、いつの間にかくよくよしすぎない自分に戻っていました。もともと生真面目な性格の私は、どうやら自分で自分を追い詰めていたようです。「そんなの、今の自分ができる範囲で、できることをやればいいんじゃない」って、ターセンに軽く笑ってかわされる。こんなときは、「結婚して良かったあ」と思う瞬間です。

「なるべくちゃんと生きていこう」なんて思うタイプの人間は、人に任せる覚悟や勇気を持つことも、練習が必要です。自分がやりたい、やったほうが上手くいく、でもそれ

ホルモン不足

やる気がない、落ち込みやすい、眠れないなどは、実はホルモン不足が原因かも。

夫婦で定期的に爪のケアをお願いしている吉祥寺「ネイルケアサロンミウラ」の三浦陽子さん。実はネイルサロン界の、偉大なパイオニアでもあります。

では世界が広がらないんですよね。人の力を借りるということは、言い換えると、人の仕事を奪わないということでもあります。植栽は植木職人に、大切な衣類はクリーニング屋さんに、美味しいお菓子はパティシエに。月に一度髪を切ってもらったり、ネイルサロンでケアしてもらったり。プロの仕事は素晴らしいものです。信頼して、任せてみる。それはお互いを高める時間でもあるのです。

人の手を借りることで、仕事も暮らしも、スムーズに快適になることがたくさんあるんです。それは暮らしまわりのさまざまなサービスだけでなく、身体のケアや健康面の分野でも。「お願いします」「ありがとう」って、軽やかに言うことができる私に成長することができたなら、どっしり地に足がついた、素敵な人になれるような気がします。

食べるということ（T）

常日頃、何ごとも人や世の中のせいにしないターセンも、箸の持ち方だけは、「母さんにもっと厳しくしつけてほしかった」と悔やんでいます。一念発起して矯正用の箸を使ってみたりしたけれど、上手くいきませんでした。戦後すぐの貧しい時代、三人兄弟を食べさせることだけで精一杯だったんだろうな。「男の子は肉を食べていれば大丈夫、頭が良くなるらしい」なんてね。一日中台所にいるような母さんでした。父さんは小笠原出身だから、釣りの名人。釣ったスミイカであふれる、流し台の様子を鮮明に覚えています。

そして大人になってからもしばらくは独身貴族、食べたいものをいっぱい並べて、箸で器を動かすような行儀の悪さでした。ああ、恥ずかしい。結婚して初めて、いろいろ叱られましたよ。息子や娘が成長すると、それは惚れ惚れするほどきれいな箸使いと食べっぷり。日常の何気ない動作というものは、大人になってからのやり直しが難しい。行儀作法や言葉使いは、親が子どもに贈る最大のプレゼントかもしれません。

カーリンが食べ方や食べ物にとてもこだわる人だったので、一緒に暮らすうちに影響を受けてそれなりに変われたと自負しています。若い頃はいい体格に憧れて、毎昼2食食べるなんて無謀なことをやったりしていたんだけど、食べすぎると体調を崩すのが僕たちの共通しているところ。「ダイエットしなくちゃ」という苦労はないけれど、豪快に食べまくるという楽しみもない。かつてはお酒も底なしに強かったけど、寄る年波には逆らえず、深酒が響くようになりました。いくつになっても食べたいものを「ああ美味しい」と食べられて、生涯お酒も飲んでいたいから、養生に努めます。メインは日本酒に変えて、好きだけど強いウィスキーは最後に一杯だけ。美味しい食卓こそ、人生の喜びです。

毎日の食事でいちばんいいのは、やっぱり昔ながらの食べ物だと思う。いりこやかつお節、昆布で出汁を取り、味噌、醤油といった調味料も、なるべく昔からの製法を守って作られているものを使う。手間をかけるってことは、そこにたっぷりの愛情がかけられている。僕たちはパン屋を営んでいるけれど、毎日の食事の基本は米。しっかりお米を食べていると、やっぱり腹に力が入る。ときどき食べるからこそ、とびきり美味しい

美味しい食卓

「いただきます」「ごちそうさま」「ああ、美味しい」は究極のしあわせ。

パンでなくちゃね。手の込んだ料理ももっぱらプロに任せ、外食で食べることにしています。家でのごはんはシンプルですよ。ごはんに味噌汁、豆腐や納豆、野菜をいっぱい、魚中心で、肉はときどき。

長くそういう食生活をしていると、「これはやばいぞ」という食べ物が、分かるようになってくる。ターセンは大学時代英字新聞部で、OBとして学生たちと会うことがあるんだけど、行くところは食べ放題や飲み放題、何でこんなに安く提供できるのか、謎な食材がいっぱいです。まあそれはそれとして、楽しく食すことも大切。たくさんの中から、大丈夫そうなものに箸をつけるように工夫します。

身体を診てもらう機会があるたびに、「きちんとしたものを召し上がっていますね」と、おほめの言葉をいただく。ありがとう、カーリン！　美味しいアンテナがぐんと高いカーリンのおかげで、美味しい料理家たちのお弁当やケータリング、なかなか手に入らないお菓子や果物などなどをいただけて、ターセンの食生活もクリーンで質の高いものになったとしみじみ感動する。愛情かけてていねいに作られたものって、スイスイどんどん食べられちゃうんだよね。そして食べ終わるのがさびしくなっちゃう。そう、やっぱ

謎な食材

度を越して安い食材には、安いだけの理由がきっとあるはず。

り身体も心も、喜ぶものを食べることがいちばん大切なんだと思います。

日本は食品添加物の規制が、とても緩いんだそうです。法の網を上手くかいくぐっているる怪しい食べ物に敏感になってください。今食べているものが、10年後、20年後のあなたの、家族の身体をつくっているのは、間違いのないことですから。

忙しいとき、本当に助かる「紫野和久傳」の炊き込みごはん。
具材だけでなく、お米やお出汁までセットされています。

笑顔と健康

（T）

会社員時代、ただ普通にエレベーターに乗っているだけなのに、乗り込んできた社員に「引田さん、何かいいことあったんですか？」ってよく聞かれた。普通にしているのに、笑顔の人っているでしょ。「葬式には向かない」ってよく言われる、僕はまさにそのタイプ。目も下がり気味だし、耳もでかくてミッキーと言われたりしたし。次男・次女の特徴でもあるけど、場を和ませたり、笑いを取ったり、そういうことがもともと身に付いていて、むっつりしかめっ面よりも、ご機嫌にしていたほうがいいことがあると本能的に知っているから、自然にできてしまう。暗い影を感じさせるニヒルな男にはほど遠いけど、自分のキャラクターを最大限に生かして、ハッピーでいるのが僕のやってきたこと。

言いにくいことでも、ワッハッハと笑いを付ければフォローできるし、悲しくて苦しいときも、笑い飛ばすって素敵な技でしょ。カーリンは結婚した頃、「何か、面白い話して」とよく言っていたな。本人も面白い話が大好きで、日常の小さなことを膨らませて面白く語るのがとっても上手い。二人で競って、面白い話題を探しています。

深刻なことも深刻になりすぎず、笑いに変えてみる。そうすることで人間力も強化できると思う。笑いと健康の関係は、すでに科学的に証明されているしね。もしも眉間に深いしわがあるのなら、もうそれ以上深くしないためにも、鏡を見たら笑ってみよう。おかしくなくても、笑ってみよう。小さな練習で確実に身に付きます。

息子の結婚式でも教会の牧師さんがちょっと面白いキャラクターで、吹き出す寸前、笑いをこらえるのに苦労しました。先日もゴルフ用ズボンを探していて、カーリンに「先が細くなっていて、脇にラインが入っていて」と説明していたら、自分がすでにはいていることに気付き、大笑い。テレビなんかつけなくても、日常は笑いであふれていますよ。

さあ、今日もいっぱい笑って、元気にいきましょう。

面白い話

面白いから笑うのではなく、先に笑っていると、面白いことがやってきます。

6　健康な自分をイメージする

どんなイメージを持つかで、苦痛の感じ方や身体の使い方は変わります。元気な自分、かたよりのない自分、健やかに動ける自分など、「実現できる」とイメージしながら暮らしてみましょう。

7　人の手を借りよう

日々の生活も、身体のケアも、必要に応じて人の力を借りましょう。人に助けを求めるのは、悪いことではありません。逆に自分も、誰かのために役立てるなら、喜んで手を貸しましょう。

8　鏡を見たら、笑顔

笑いと健康の関係は、科学的にも証明されています。笑う門には、健康が来る。笑うのが苦手でも、練習次第で上達します。鏡を見るたびに、にっこり笑顔。習慣にしてみましょう。

9　美味しいと思うものを食べる

本当に美味しいものは、身体が喜ぶ昔ながらの食事。出汁を取り、昔ながらの製法を守った調味料で、シンプルな料理がいちばん。美味しいお米と野菜をたっぷり、魚中心で、肉はときどき。そんな家ごはんを続けます。

10　深い呼吸、たっぷり寝る

深呼吸と充分な睡眠。お金をかけなくても、心掛け次第で誰でもできる健康法。しかも効果は絶大です。気持ちが安定しない、何だか調子が悪い、そんなときはまずこのふたつを実践しましょう。

二人の10か条　健康編

1　心のかたよりがないか、見直してみる

身体と心は表裏一体。その不調、もしかしたら自分の心の歪みが生み出しているものかもしれません。心がかたくなでないか、思い込みが強くないか。身体はもちろん、心の健やかさも忘れずに。

2　身体と対話する

自分の中の「気持ちいい」に目覚めると、不調も減るし、回復も早くなる。身体が悲鳴を上げる前に、「冷えてないかな？」「無理をしていないかな？」と、普段から身体と対話する習慣をつけましょう。

3　いいことを試してみる

世の中にあるさまざまな健康法、楽しみながら試してみましょう。体質は人それぞれ、他人に合うものが自分に合うとは限らない。自分の身体を観察しながら、「これぞ」と合うものが見つかると心強い。

4　薬に頼らない

少しの不具合ですぐに市販の薬に頼るのではなく、身体のバランスを整えることによって、不調を改善します。ホメオパシーやフラワーエッセンス、アロマテラピーなど、自然由来のものの力を借り、バランスを取り戻します。

5　不調や怪我の意味を考える

身体が弱ったとき、落ち込むより、「この不調は、どんな意味がある？」と考えてみましょう。身体を酷使していなかったか、睡眠時間や食生活は。そこでの気付きが、その後の健康につながるかもしれません。

機嫌よく過ごす

（T）

会社員を辞めたのが52歳。それからこんなに面白い人生が待っているとは、さすがに予想できなかった。カーリン、本当に、ありがとう！

僕はいつでも、良くも悪くも、目の前のことに全力投球。70歳を超えた今、自分の人生を振り返って、まったく悔いはないと言い切れます。もちろん、祖母が「教えてほしい」と言っていた野球のルールを、生前教えそこねたことをはじめ、数々の小さなトゲがときどきチクチクすることもあるけどね。

何しろ人生の前半は、立ち止まったり、振り返ったりすることなしに前だけを向いてきたから、カーリンと一緒に本を書く作業で、改めてしみじみと過去をなぞってみました。「暗黒」と呼ぶほどのことだったんだというのは青天の霹靂で、驚きの連続だった。けれども最近のカーリンは、とても明るいし、元気です。やっぱり自分のやりたいことをやるって、本当に大事なことなんだなあ。

孫たちを見ていると、彼らは一日をご機嫌に過ごすことだけを考えていて、お腹がすいたとか眠たいとか、まだ遊びたいとか。思い通りにならないと、ぎゃ〜って泣く。それなのに成長するに従って、全体性とか調和とか、礼儀とか規則とか、たくさんのことで我慢や努力を強いられます。それが成長であって、大人になることだと思っているけど、子どもたちが成人したり、会社や仕事を引退するあたりの60歳ぐらいから、またご機嫌に過ごすことだけを考えていいのかもしれませんね。ご機嫌にしていると、しあわせがまわりに移るんですよ。

僕たち二人は似た者夫婦。だいたい似てくるというか、すごく違って見えたとしても、本質は同じだったりすることが多いんじゃないかな。せっかちだった僕もさすがにスローダウンしてきて、今はカーリンのせっかちについていくのが大変です。まだまだ彼女にはやりたいことがいっぱいあるらしくて、頭の中でその構想がぐるぐる回っている様子がうかがえる。「これは早めに、好きなゴルフや温泉旅行のスケジュールを確保しなければ」と、最近焦る始末。ここにきて、立場が逆転したのかな。

最近では、僕自身の料理のレパートリーも増えたし、広い視野で家族のこと、暮らしのことを考えられるようになりました。家事もなかなか面白いしね。時間をかければ、スキルもアップするんですね。

政治や世界情勢、経済のことも、僕はしっかり考えます。一人一人の生活とかけ離れず、全体のことを考える。目先のことだけじゃない視野、年齢を重ねたからこそできることがいっぱいあると感じています。でもまずは、カーリンのことをしっかりサポートしていこうと思っています。それが今の僕のベースだから。

本を最後まで読んでいただいて感謝です。ギャラリーにいらっしゃったときは、気軽にお声をおかけくださいね。

自分を許す、自分を大切にする

（K）

私たちの本を手に取ってくださり、本当にありがとうございました。自分たちが過ごした時間、選んできた数々を、多くの方と共有するのは不思議な感覚です。うれしいけど恥ずかしい。文字にする責任も感じます。

でも美味しかったら「みんなに食べてもらいたい」、素敵だったら「多くの人に紹介したい」、それが自分の喜びなんだとはっきり自覚してから、ギャラリーとパン屋こそが自分のやりたいことだったんだと、本を作りながら再確認しました。

ところがやりたいことを仕事にできたはずなのに、ときどき心も身体もペシャンコになるのはどうしてだろう。やりたいことがあるのなら、もっと元気を取り戻したいと試行錯誤の連続のここ15年。どうにかこうにかそのカラクリが分かってきて、自分を許すとか、大切に扱うことの大事さにようやく気が付いた次第です。

腹を立てているのなら、それは自分に怒っているのかもしれません。気に入らないことがあるのなら、自分のことが気に入らないのかもしれません。
受け入れがたい考えに直面しても、「もしそうだとしたら」と考え進めることで、私の絡まった糸はスルスルとほどけていったのです。みんながいるから気付けること。みんなが教えてくれること。やっぱり答えは足元にありました。
最後に毎朝トトと散歩しながら唱えている「祈り」をご紹介したいと思います。観音さまの延命十句観音経。観音様はどんな人にも分け隔てなく、救いの手を差し伸べてくれるそうです。

觀世音《かんぜーおん》　南無佛《なーむーぶつ》　與佛有因《よーぶつうーいん》　與佛有縁《よーぶつうーえん》　佛法僧縁《ぶっぽうそうえん》
常樂我淨《じょうらくがーじょう》　朝念觀世音《ちょうねんかんぜーおん》　暮念觀世音《ぼーねんかんぜーおん》　念念從心起《ねんねんじゅうしんき》　念念不離心《ねんねんふーりーしん》
（立花大敬著『劇的に運が良くなるお経 般若心経・延命十句観音経篇』ＫＡＤＯＫＡＷＡより）

そしてこのあとに

今日一日私が健康で幸せでありますように
今日一日私のまわりの人たちが健康で幸せでありますように
今日一日私が嫌いな人たちが健康で幸せでありますように
今日一日私を嫌いな人たちが健康で幸せでありますように
今日一日生きとし生けるもの全てが健康で幸せでありますように
（アルボムッレ・スマナサーラ著『慈悲の瞑想（フルバージョン）』サンガ　にヒントを得て）

と、自分の言葉に置き換えて唱えています。あえて自分の家族や好きな人だけのためじゃないところが、いいなあと思っています。どうぞ私のような知らない誰かが、いつもどこかであなたのしあわせを祈り、願っていることを覚えていてください。

たくさんの感謝とともに。

〔P.158〕
ザ・パークサイド・ルーム
東京都武蔵野市吉祥寺南町 1-17-1 2F
☎ 0422.41.8978
https://www.tpr.jp/

〔P.159〕
アンテナショップ麦わら帽子
東京都武蔵野市吉祥寺本町 2-33-1
☎ 0422.29.0331
http://mugiwaraboushi.main.jp/

〔P.160〕
サンク
東京都武蔵野市吉祥寺本町 2-28-3
グリーニィ吉祥寺 1F
☎ 0422.26.8735
http://cinq.tokyo.jp/

〔P.161〕
アウトバウンド
武蔵野市吉祥寺本町 2-7-4 101
☎ 0422.27.7720
http://outbound.to/

〔P.162〕
ドラゴンミチコ
東京都武蔵野市吉祥寺本町 2-18-7
佐藤ビル 1F
☎ 0422.22.7668
http://dragon-michiko.tokyo/

〔P.163〕
コロモチャヤ
東京都武蔵野市吉祥寺南町 1-8-11
弥生ビル 2F
☎ 0422.26.5889
http://www.houttuynia-cordata.com/

〔P.164〕
でんがく青果店
東京都武蔵野市吉祥寺本町 3-4-17
☎ 0422.20.7670

〔P.175〕
日本ホメオパシーセンター
東京吉祥寺御殿山フィリア
☎ 050.5833.7327
https://kichijoji-philia.com/

〔P.177〕
マヒナファーマシー
東京都世田谷区代沢 5-29-17
☎ 03.6805.4545
http://www.mahinapharmacy.com/

〔P.180〕
ダンスコ
http://www.dansko.jp/

〔P.188〕
ネイルケアサロンミウラ
井の頭通り店
東京都武蔵野市吉祥寺本町 3-4-9
☎ 0422.28.0339
http://miuranail.jp/

〔P.193〕
紫野和久傳 丸の内店
東京都千代田区丸の内 3-3-1
新東京ビル 1F
☎ 03.3240.7020
http://www.wakuden.jp/

この本で紹介したお店など

ギャラリーフェブ

東京都武蔵野市吉祥寺本町 2-28-2 2F
☎ 0422.23.2592
http://www.hikita-feve.com/

ダンディゾン

東京都武蔵野市吉祥寺本町 2-28-2 B1
☎ 0422.23.2595
http://www.dans10ans.net/

〔P.81〕
フルーツ喫茶オハラ

東京都杉並区西荻北1F 3-7-8-1F
@fruitsandwich_ohara（インスタグラム）

〔P.123〕
ランジュパース

東京都港区南青山 5-3-8 パレスみゆき 303
☎ 03.3797.9578
http://langepasse.tumblr.com/

Hibusuma

東京都目黒区八雲 1-2-5
☎ 03.3723.2455

4 ひきのねこ

東京都武蔵野市吉祥寺本町 2-28-3
☎ 0422.21.6901
http://yonhikinoneko.com/

〔P.136〕
嘉門工藝

http://kamon.info/

奈良屋

http://www.naraya-soba.com/

〔P.153〕
金井米穀店

東京都武蔵野市吉祥寺本町 2-26-9
☎ 0422.22.5439
http://www.kanai-come.com/

〔P.154〕
CHECK＆STRIPE 吉祥寺店

東京都武蔵野市吉祥寺本町 2-31-1
☎ 0422.23.5161
http://checkandstripe.com/

〔P.155〕
ミュージアム・オブ・ユア・ヒストリー

東京都武蔵野市吉祥寺本町 2-33-5
☎ 0422.27.1475
http://museum-kato.jp/

〔P.156〕
吉祥寺　ひとくさ／くろもじ珈琲

東京都武蔵野市吉祥寺本町 2-14-7
☎ 0422.27.2732
@hitokusa_kuromojicoffee（インスタグラム）

〔P.157〕
アクタス・吉祥寺店

東京都武蔵野市吉祥寺本町 2-2-6
☎ 0422.23.7501
https://www.actus-interior.com/

ブックデザイン
引田 大（H.D.O.）

撮影
原野純一

校正
麦秋アートセンター

編集
田中のり子
包山奈保美（KADOKAWA）

引田（ひきた）かおり　ターセン

かおり　　1958年、東京生まれ。元・専業主婦。
ターセン　1947年、東京生まれ。元・IT企業勤務。

2003年、東京・吉祥寺にギャラリー フェブとパン屋ダンディゾンを開く。
結婚40年。一男一女あり。

著書　『私がずっと好きなもの』引田かおり（マイナビ刊）
　　　『しあわせな二人』『二人のおうち』引田かおり ターセン（KADOKAWA）
ブログ「ターセンの光年記」http://hikita-feve.com/diary

しあわせのつくり方

2019年5月30日　初版発行
2019年7月20日　再版発行

著者／引田《ひきた》 かおり　引田《ひきた》 ターセン

発行者／川金 正法

発行／株式会社KADOKAWA
〒102-8177　東京都千代田区富士見2-13-3
電話 0570-002-301（ナビダイヤル）

印刷所／図書印刷株式会社

●お問い合わせ
https://www.kadokawa.co.jp/（「お問い合わせ」へお進みください）
※内容によっては、お答えできない場合があります。
※サポートは日本国内のみとさせていただきます。
※Japanese text only

定価はカバーに表示してあります。

ISBN 978-4-04-065788-2　C0077